這城市

B棟11樓 第二部

藤井樹 著

青春，好像永遠也寫不完，
而那麼多人的幸福，都刻鏤在這座城市，在我們的青春裡。

［新版序］

十一年

十一年前，我二十七歲未滿，剛在高雄開了一間咖啡館，叫作「橙色九月咖啡館」。同年，我寫了一本小說叫《B棟11樓》，我朋友問我為什麼是十一樓，不是十二樓或五樓，甚至是地下室？

「因為我喜歡十一這個號碼，因為我爽。」當時我這麼回答，這個答案現在感覺起來像個幼稚又任性的孩子。

如玉從二〇〇一年就開始當我的編輯了，有時候我真想問她為什麼想不開？別人的書應該比較好編，而且他們應該不若我這麼龜毛又自溺。

說到我的龜毛和自溺，我一定要仔細地說明一下。

我對很多事情很龜毛，我承認，不然就不會常有拖稿的狀況發生，因為拖稿不一定只是作者偷懶引起，大多數還是因為對作品太龜毛所導致。雖然我的作品拿到檯面上其實也不怎麼樣，就只是娛樂功能書，但總不能大家都想做名留青史的事，娛樂方面的就沒人管，對吧？

我很努力在寫在完成，我對得起自己，也對得起大家所認為的「吳子雲很龜毛」。我對自己很自溺，其實是我個人的幼稚引起的。我過去的女朋友跟我說過，我是個以自我為中心的人，而且非常明顯。只是還好我懂得替別人著想，不然我一定是個自私大魔王。

是的，我很溺愛自己，所以我所寫出來的東西也很自然地會成為我溺愛的一部分。因為如玉了解這一點，所以她偶爾想改動我的作品，會很惶恐地寫信來問：「這部分可以改嗎？」

答案通常是：「除非有錯字，否則不給改。」

你看，我真是個以自我為中心的幼稚鬼。

只是，面對自己的作品，我無法不以自我為中心，也因為只有以自我為中心，我才能真正找到對自己作品負責的立場。「不然，你早就變成那種隨著觀眾口味跟要求在改變自己的八點檔編劇了。」我朋友這麼說。

因為不給改習慣了，一習慣就十幾年，後來她也放棄了，我的自溺就這麼一直持續下來，直到現在。

至於我的龜毛，其實只是我對封面有要求。早在跟出版社簽第一本《我們不結婚，好嗎》的出版約時，我就只要求一件事：「印刷前我要看封面。」

然後二十多本書下來，封面的style經過多次改變，終於找到了一個一貫風格，而且這個風格是我認同的。

大概兩年前，有一次在書店裡，我正在考慮要把自己的書拿到比較顯眼的位置去放（咦？），聽到旁邊一個男生對他的女朋友（？）說：「這封面不用看名字就知道是吳子雲寫的。」我才真正了解了一件事：

「原來我已經老到一個創造自己的style的年紀了。」

我是不清楚如玉是不是因為知道我喜歡十一這個號碼，所以在《B棟11樓》問世滿十一年的今天決定改版《B棟11樓》跟《這城市》，但我很喜歡這個安排。

今年，我正在努力拍自己的第一部電影《六弄咖啡館》，並且將在二〇一五年上映。我只希望不會在十一年之後，才有機會拍《B棟11樓》。

吳子雲　寫於二〇一四年十一月《六弄咖啡館》電影前置作業期

從回憶開始

就是剛剛，8℃的下午以及像一片汪洋的 Lake Washington，

我想起今天早上的那杯咖啡，我忘了加奶精。

我從北三十五街右轉，前面有一輛 No.26 的 Bus 抛錨，塞車了。

這是我討厭美國人的地方，他們總是動不動就亂鳴喇叭。

爸爸說 Mr. Banson 家的窗簾要換，要我去估個價，

今天我才知道 Mr. Banson 是開墨西哥餐廳的，有點驚訝，

他看起來是那麼的英格蘭啊。

西雅圖的十月，也是台北的十月。

只是，我的今天，是你的昨天。呵呵，是太平洋害的。

朋友們問我：「為什麼妳這麼想他？」

我只是笑了一笑：「因為他不在我身邊啊。」

By 想念咖啡的牛奶

這城市

01

我記得剛上幼稚園的時候，我以為高雄就是全世界。

當時我家在左營蓮池潭附近，湖裡總有一股味道。

每天媽媽帶我走到路口，娃娃車會到那裡接我，像阿里巴巴的開門咒語一樣，在上車之前我總要大聲地喊出：「司機好，老師好，各位同學好。」

老師是個女孩子，像規定的一樣，我總以為她應該跟媽媽一樣大，所以我覺得奇怪，為什麼她總是要我們叫她姊姊？直到長大後我才了解，這些幼稚園的老師或是跟車的女孩，其實年紀都只有二十出頭。

我還記得路口的對面有個賣飯糰的阿嬤，她總是把攤子擺在那根傾斜的電線桿旁邊，那電線桿上面貼著「中華民國萬歲」的標語。

我總是只能吃掉一半的飯糰，另一半給媽媽吃。每一次媽媽在買飯糰的時候，阿嬤總會很親切地摸摸我的頭髮，然後說一些我聽不懂的話，再塞給我一塊油條。

「學學，跟阿嬤說謝謝。」媽媽低下身來說。

「阿嬤謝謝。」

她會再摸摸我的頭，我能感覺到她手心的粗糙。她把糯米飯放在一個保麗龍盒子裡，每一次打開那盒子，就會冒出白色的煙，帶著糯米飯的香氣。

我已經忘了阿居確切出現的時間是什麼時候了，我只記得我在廟口旁邊跟隔壁的女生玩踢毽子，他走過來說踢毽子不算什麼，踢石頭比較厲害。

我們從小石子開始，慢慢地愈撿愈大顆。蓮池潭旁邊放了些磚塊，一磚一磚擺得整齊。

「看我看我，我比你厲害，我踢這麼大塊。」阿居很用力地搬起一塊完整的磚塊，然後後退幾步，助跑向前，一腳把磚頭踢到蓮池潭裡。

「又沒什麼了不起，看我的，我一次踢一排給你看。」我逞強地說著。

我右腳大拇指的指甲掀了起來，劇痛讓我沒辦法繼續站著，我倒坐在地上，阿居看著我，我也看著他。

「你流血了……」他說，指著我的腳趾頭。

我忍著眼淚，那一排磚頭只踢掉了一塊。倏地他跑去廟口，腳步聲啪啪啪的，回來時，手裡多了一包裝滿水的塑膠袋。

他什麼也沒說，嘩啦啦地就把水往我的腳趾頭上倒，我終於哭了出來，那樣的疼痛我永遠忘不掉。

「會痛嗎？」他這麼問。如果是現在的我，應該會直接給他一拳。

這天他揹我回家，走了大概三百公尺的路吧。我只記得我每告訴他「轉彎」，他就會回我一句「我家也轉這裡」，經過我家附近那家雜貨店的時候，他還跟我說老闆很討厭，買五塊錢的芒果乾，每次都挑比較小片的。

「他看起來很凶，眼睛大得跟牛一樣。」

「下次你可以直接拿大片的，然後再給他錢。」我很有經驗地教他。

「可以喔？」

「為什麼不行？」

我從他背上跳下來，一蹬一蹬地跳到雜貨店，抓起芒果乾的罐子就開，挑了五片大一些的，然後把五塊錢放在老闆常坐的板凳上。

「老闆，五塊在這。」

我一跳一跳地出了雜貨店，覺得自己非常了不起。阿居則彷彿看見什麼奇觀似地張著嘴巴。

比較大的芒果乾好像比較好吃，我大方地分給他兩塊，他一臉的笑意。

媽媽很慌張地從家裡跑出來，看著我的腳趾頭直皺眉，一直問著：「怎麼玩成這樣？」

我跟他互看了一眼，同時說了一句：「不小心跌倒了。」

那天晚上，我坐在我家騎樓底下，他從我家隔壁走出來，問我的名字。

「我叫林子學，你呢？」

「我叫水泮居。」

「什麼居？」

「水泮居……哎呀，這是天才的名字，你以後才會懂啦。」

「你住我家隔壁喔？」我問。

「對啊，我住很久了耶。」他說。

「我住得比你久。」我說。

「哪有？我爸爸很久很久以前就住這裡了。」他說。

「我爺爺很久很久以前就住這裡了。」我說。

「哼！我爺爺的爺爺很久很久以前就住這裡了。」他說。

「騙人，這裡是我爺爺那時候才蓋的耶！」我說。

「這裡是我爺爺蓋給我們住的，我爸爸說以前我們家住在浙江。」他說。

「浙江？那是哪裡？」

「那是很遠很遠的地方，天才才可以去喔。」

「騙人，有比大統遠嗎？」

「當然有，要坐飛機耶。」

「坐飛機？浙江不是在高雄嗎？」

「看吧，我就說你不是天才。」

原來，高雄不是世界，高雄只是那麼一丁點。

我曾經吵著要爸爸證明浙江在高雄裡面，他笑了一笑，然後買了張地圖回來。

「學學，這裡是高雄。」爸爸拿了一枝筆，用筆尖點出高雄的所在。

「那浙江呢？」

「浙江在這裡，離我們很遠很遠呢。」爸爸又用筆尖點了浙江，並且在浙江兩個字上畫了個圈。

我開始覺得阿居真的是天才，我開始難過我不能去浙江。

故事又即將開始，讓我們從回憶起步。

後來才發現，阿居是天才般的……白癡。

02

阿居出現那一年，我們即將要上小學。把時間往回推算，那一年是一九八六年，應該是夏天吧。

這一年，李遠哲得到化學界最高榮譽——諾貝爾化學獎，只是我們那時都還太小，完全不明白什麼是化學，但我爸爸還有阿居的爸爸一天到晚討論著諾貝爾。我問爸爸什麼是諾貝爾，他回答我說：「諾貝爾是很久以前的一個科學家，他發明了炸藥。他死了以後，諾貝爾獎成立，可以拿到諾貝爾獎的人都是世界上頂呱呱的人物喔。」

「像這個李遠哲，」爸爸打開報紙，指著一張照片，「因為他的化學很厲害，所以他就拿到諾貝爾化學獎啦。」

「什麼很厲害，就會拿什麼獎喔？」

「對啊。」爸爸笑著回答。

「那，我們的總統有拿諾貝爾總統獎嗎？」我好奇地問。

「總統獎？沒有耶。」

「可是，總統不是頂呱呱的人物嗎？」我不可思議地問著。

爸爸沒有再回答，他摀住我的嘴巴，在擔心害怕什麼似的，要我別再說了。

後來我才知道當時還是戒嚴時期，人民是沒有言論自由的。

不過，我們當時對什麼戒嚴解嚴，什麼蔣經國李登輝的完全沒有興趣，也不可能有興趣，我們唯一有興趣的，就是聖戰士還有科學小飛俠。我跟阿居好幾度懷疑諾貝爾獎是騙人的，因為我們覺得聖戰士跟小飛俠很厲害，為什麼沒有拿諾貝爾厲害獎呢？

那一陣子，諾貝爾三個字一直掛在我們嘴邊，連幼稚園同班的同學都被我們傳染，整天就聽見我們諾貝爾來諾貝爾去的，不過諾貝爾到底是誰，我們依然不甚了解。

幼稚園對我們來說，就像是第二個天堂。

不消說，第一個天堂一定是自己的家，因為家裡有爸爸媽媽。又因為幼稚園裡除了爸爸媽媽之外，其他的應有盡有，所以幼稚園變成第二個天堂。

我們都喜歡到幼稚園去，因為幼稚園有閉路電視，就是現在的錄放影機。那時候我一直在想，到底什麼叫作「閉路電視」呢？又是哪個閉路呢？

「必路」？「必錄」？「閉鹿」？「壁鹿」？

因為我不斷地唸著閉路，阿居可能覺得很煩吧，他往我後腦勺打下去，罵說：「閉閉閉閉閉你個大頭啦！看就對了，想那麼多幹嘛！」

那是我們這輩子第一次打架，阿居贏了這一次，他在老師還沒能阻止他以前，就把我推向閉路電視，碰碰磅磅的兩三聲，那天就沒有閉路電視看了。

我們打過架之後，所有男生都變得很奇怪，每節下課都會找人打一架，打贏的人就可以得到我們的諾貝爾打架獎。

打架獎其實沒什麼特別，只是幾個男生把他扛起來繞小運動場一圈。

我印象很深刻，我被扛過五六次，阿居至少有十次。而且班上幾乎每個男生都有被扛過的紀錄。

除了小威。

我忘了他的名字了，我只記得我們都叫他威威。

威威從來沒有跟任何人玩過打架遊戲，甚至其他的遊戲他也很難參與。當時我們只知道他不能走路，每天都要坐在椅子上。他的腳的形狀有些奇怪，他的腳趾頭永遠是彎的。

後來才知道他是先天性下肢癱瘓。我跟阿居還一度很不懂事地說要頒給他諾貝爾癱瘓獎，結果被老師狠狠打了一頓。

從此之後，我們沒再說過諾貝爾三個字。

一年多以後，我們上了小學，可能是因為阿居的爸爸的關係，他認識我們班的導師，我們被編在同一班，座位坐在隔壁。

因為阿居姓水，是個很特別的姓，加上水爸爸時常在中午的時候出現在教室走廊，準備帶阿居回家，所以班上同學很快地就認識他。他是我們班上第一任班長，也是我生命中的第一任班長。

阿居當班長當得亂七八糟，看他的德性你也可以猜得到。

每一次學校廣播班長到教務處領東西，我們班永遠都是最後一個去領的。而我永遠最倒楣，阿居每次忘了廣播，就會拖我一起去教務處，一起去找那個高大肥胖的女老師。

她的口紅很紅很紅，她的臉頰五顏六色，她的身體總有一股味道。

「水泮居，又是你！每一次都是你最慢，害我不能早點下班！下一次再慢你給我試試看，我一定連你副班長一起打！」

這下子我成了副班長，但明明班上的副班長是女孩子啊。

好像有一種不成文的規定，或是一種既定的模式，班長跟副班長一定都是班上的第一、二名，原因無他，因為要身為好榜樣才能當領導人。

但阿居的功課挺差，不怎麼愛念書就算了，課本還時常帶錯，罰勞動服務永遠都有他的名字，然後他會要我陪他一起留下來打掃。我們曾經一起擦過全班的窗戶，只是愈擦愈髒，因為阿居去借來的抹布是用來擦黑板的。

副班長跟阿居完全相反，是個功課跟才藝都很優異的女生。她很不喜歡說話，戴著一副遠視眼鏡，看來很有學問，但如果正面瞧她，你會以為自己正在跟一隻凸眼金魚說話，我們都以為她的眼睛本來就那麼恐怖，後來才知道原來是遠視眼鏡造成的效果。

大學時偶爾會聊起以前的事情，也聊起我們生命中的第一個副班長，我問阿居，副班長到底叫什麼名字？他說忘記了，我也想不起來。

我們第一次看見死人，是在我們家附近的路口。那天，我們正要一起走路上學。

那根傾斜的電線桿被一輛車撞倒了，中華民國萬歲六個字壓在攤販的綠色棚架上，飯糰阿嬤在車底下，我們只看見她的腳。

我們只是瞪大眼睛看著，看著。

那天回家我問媽媽，幼稚園的時候，飯糰阿嬤每天都會說一些我聽不懂的話，然後塞給我一塊油條，她到底說了什麼？

媽媽說，飯糰阿嬤是個外省人，她每次看見我，都會摸摸我的頭，然後用很重的外省腔說：「學學好可愛，真希望你就是我的孫子。」

阿嬤，您也很可愛，我也希望我就是您的孫子。

人生總有許多遺憾，所以還在身邊的要珍惜，已經離開的該懷念。

阿居當了一年的班長，同學與老師的反應相當地兩極化。所有的老師都說「十一班的班長很糟糕」，這姓水的孩子將來可能會是十大槍擊要犯。

其實老師們會這麼說是有原因的，因為阿居真的把「班長」兩個字當「校長」來使用。

一開始他只是時常忘東忘西，忘了交作業、忘了排值日生、忘了選路隊長。後來，大家都習慣了他的「忘了」，他也覺得「忘了」其實是沒關係的。

接著，他開始忘了點名、忘了排隊、忘了升旗時間，甚至忘了上課。

你可能無法想像，一個班級的班長，在升旗的時候沒有站在班上的最前面，理由居然是「我家的鬧鐘忘了叫我」。這在你的生命中應該是不太可能發生吧？

「那果然是你的鬧鐘啊！水泮居，有什麼樣的主人就有什麼樣的鬧鐘！」老師火了，當著全班同學的面就是一頓罵。

「老師，對不起嘛，它明天一定不會再忘記了。」阿居說。

我的天……

我們班的導師當然不是瞎子，阿居的表現如此地糟糕，也令他很苦惱，但礙於水爸爸是他的學長，一而再再而三的要求下，阿居的班長寶位才能保得住。

不過阿居不怎麼給水爸爸面子。他開始忘記更不可思議的東西。

全班的功課都是交到班長的桌上的，我想大家小時候應該都差不多，但我們班上就是不一樣，作業絕對都是交到副班長的桌上。

原因是阿居永遠最後一個交作業，而且他還會讓這些作業隔夜。

假設星期二該交出去的生字練習，老師總在星期三才看得見，而且是放學後。

再假設星期三交數學習作，這在我們班上已經不是新聞的新聞，因為阿居的存在，數學老師總會在星期四才看得見。

升旗典禮時，只有一年十一班的隊伍是歪的，只有一年十一班沒有交點名條，只有一年十一班由副班長帶隊，永遠都只有一年十一班會出亂子。

班上甲同學感冒不能來上課，而乙同學則是請喪假，阿居問完原因之後，老師在上課時問起，他竟然回答：「因為甲同學感冒死了，所以乙同學請喪假。」

我的天……

終於，一年級過去了。二年級開學的那一天，我們班換了新導師，而新導師說原來的導師生病了，在住院中。我們都在猜測老師生病的原因，十之八九一定是被阿居氣的。

很不幸的，我被選作二年級的班長，老師選我當班長的那一剎那，班上近五十個學生，似乎只有我是難過的。

阿居最爽。

班長是一種看來很威風，其實是苦工的工作。

這表示每天早上的升旗典禮都要我來整隊，這表示每天的值日生要我來叮嚀才會有人擦黑板，這表示教室後面的垃圾桶要我來注意才會做好垃圾分類，這表示如果有人沒來上課我就必須第一個知道他在哪裡。

這表示我不能多貪睡那十分鐘，因為我必須提早到學校做早點名。這表示我不能當值日生，因為我每天都是值日生。這表示我下課不能去溜鞦韆，因為我要注意同學們是不是有把垃圾分類，並且把老師交代的作業交到我的桌上。這表示所有的老師都會知道二年十一班的班長已經不是水泮居，而是林子學了。我只要頑皮或是吊兒郎當，就會被冠上「十一班的班長很糟糕」。

我是阿居生命中的第一個班長，他很高興，他終於卸任了。

那節下課，阿居請我去福利社，他買了兩個三塊錢的小饅頭。我印象很深刻，他喜歡吃芋頭口味的。

每一次他買饅頭，都像放學後校門口的導護老師指揮小朋友過馬路一樣。他總是要伸出手指揮著福利社阿姨，在蒸包子機裡那一堆白色咖啡色以及紫色的饅頭當中，選出他的芋頭饅頭。

「拜託！妳又錯了，妳每一次都拿錯，我都買一年了妳還拿錯，我要芋頭的，芋頭的！在那裡，看見沒有？紫色的，對，就是那個，謝謝。」

這是他對福利社阿姨說話的態度。他小時候就有一種特殊的性格，他覺得對的事就會很直接，你要說他沒禮貌嗎？也不至於態度很差；你要說他小孩子大人氣嗎？又沒有那麼明顯。

他分了我一個饅頭，我們走到養魚園旁邊坐了下來。我剝了一半給園裡的小魚兒吃，你會看見一片一片的饅頭浮在小池塘裡，兩三下就被魚兒吃光光。

養魚園是我們學校的驕傲，旁邊的養鳥園也是，因為其他的學校都沒有，頂多只有植物園。

魚和鳥聽說都是校長的興趣，他喜歡玩假山假水，他喜歡看鳥看魚。

魚園和鳥園的門上方，他各掛上了一塊桃木匾額。

魚園的匾額寫著：

追名搶利是多餘，損人褒己亦多餘。
長生不死最多餘，不如池中一條魚。

而鳥園的匾額寫的是：

飛，飛不離這籠間。
離了籠間，飛不離這片天。
離了這片天，飛不離這人間。
離了這人間，仍不及天上神仙。

前幾個星期我回到學校去看看。大部分的校舍都已經翻新，以前我覺得很高很高的籃框，現在輕輕一跳都有可能會撞到頭。鳥園和魚園沒什麼變化，只是原本的鐵絲籠都加高了，裡面的樹也都茂盛了。

這兩塊桃木匾額依然掛在園門的上面，似乎有做過亮面處理，看起來挺勻亮的。「中華民國七十七年十月」，這排紅色的字橫刻在匾額下方，還有我們校長的名字。我想起他是個人見人愛的好校長，每天都會站在校門口等學生來上學，他喜歡摸摸學生的頭，向他們說聲早安。

我當班長的這一年，阿居沒有忘記任何一件事，真的，一件都沒有。

他準時上課、準時交作業、準時掃地，所有他之前會忘記的事都像不曾忘過一樣，一年級的那段日子像是假的，沒發生過的，甚至不曾存在過的。

他參加了書法比賽，得到低年級全校第一名。又代表學校參加高雄市國小低年級組的書法比賽，又是第一名。

他開始有不錯的好成績，小考月考期末考科科一百，還拿了好幾次的第一名。

我的成績雖然不差，但也好幾次都輸給他，只拿了第二。

這是我認識的水泮居嗎？我覺得好神奇，為什麼他竟是如此地收放自如？

「因為我不想當班長，所以我故意表現得差勁，就是這樣而已。」回家的路上，他拿著學年第二名的獎狀，笑笑地說著。

第一名是我，我是第一名，但我卻覺得這第一名，應該是阿居的。

很多人，從小可以看大，這時你會發現，他們天生就是那麼地不一樣。

只是，無須羨慕，因為你也是你，你的特別，他們也跟你不上。

04

一九八七年，有個相當可怕的國語男歌手發行他的第一張專輯，在我的感覺裡，他就像現在的周杰倫，他用那滄桑哽咽的歌聲席捲歌壇，其程度真的不亞於現在的「杰式旋風」。

那是我當班長那一年，國小二年級，我記得好清楚，那張專輯名稱叫作《黃色故事》。說《黃色故事》你們可能還不太熟悉，但你們肯定聽過一首歌，詞曲都是王文清先生寫的，叫作〈一場遊戲一場夢〉。

他是王傑，一個可以在當時的流行排行榜上蟬聯數十週的歌手。

會提到王傑，有兩個很重要的原因：我這輩子第一次買的錄音帶，就是這張《黃色故事》，而這首〈一場遊戲一場夢〉被我聽到磁帶損毀，沒辦法再讀取；另一個重要的原因，就是我們導師。

他是個很粗獷的人，高頭大馬，體壯身強，滿是落腮鬍的臉上掛著一副黑框眼鏡，每一次笑，眼睛就像睡著了一樣瞇起來。

他有個不特別卻又特別的名字，叫作陳中山。

中山兩個字拿來當路名，我想這一點都不特別，但拿來當名字，就真的很特別。

每每講課講到一半，他就會在黑板上寫一道題目讓我們做練習，當我們都低頭開始思考題目的時候，他便走到台下，一步一步地踱到教室的最後方，然後靠在窗邊開始唱起〈一場遊戲一場夢〉。

他唱歌的時候，窗台的風把他的歌聲吹亂，雖然只聽得清楚旋律，卻多了一分類似王傑的滄桑。

我其實很好奇他的滄桑為何？又為什麼這一首歌讓他如此地眷戀？

但我才國小二年級，我沒辦法表達我的好奇，雖然我知道當時的我是好奇的。

不要談什麼分離，我不會因為這樣而哭泣，
那只是昨夜的一場夢而已。
不要說願不願意，我不會因為這樣而在意，
那只是昨夜的一場遊戲……

唱完一次，他就會走回台上繼續講課，好似剛剛的愁緒都不曾發生，他還是笑笑的，眼睛還是瞇瞇的。

我第一次拿到課業以外的獎狀，是他選我參加學校的演講比賽。說實話，我已經忘了題目是什麼了，但我記得的是，他每天放學之後會帶我到辦公室，拿出一本書，書裡的每個字都有他已經寫好的注音，他要我照著書唸，一字一字地唸給他聽。如果他聽見讀音不正確，就會馬上糾正我。

距離演講比賽大概還有一個多星期的時間吧，他要我寫一篇作文，內容就是我的演講稿，並且要我背起來。如果背不起來也沒關係，盡力就好。

演講比賽那天，我是倒數幾個上台的，當我在台下聽著所有競爭對手的演講內容時，其實我是空白的。我擔心我會不會忘了跟評審老師問好，我擔心我會不會結巴，我怕我會忘了演講稿，最重要的是，我怕我根本說不出話來。

幾天之後，在升旗典禮中，由校長親自頒發獎狀，我拿到了第一名，很不可思議的第一名。同一時間，阿居拿到書法比賽的第一名，而跟阿居搭擋一年級的副班長，拿到了作文比賽的第一名。

這表示我必須代表學校參加高雄市公立國民小學的綜合演講比賽。同樣的，阿居要參加書法比賽，副班長要參加作文競賽。

那一天開始，我們幾乎每天都要留在學校練習，中山老師還請了另一個老師來教副班長寫作文，他則專心教我如何演講，如何在那短短的五分鐘之內，讓全場的人靜下來聽我說話。

這已經是近十六年前的事了，對我來說，大部分的過程已經不復記憶。直到今年的冬天來臨，我在一家火鍋店遇上了中山老師，這一切才開始慢慢地又被我憶起。

他一個人坐在火鍋店裡吃飯，而我正好也想在冰冷的刺骨寒風裡來一頓熱食。老師已經年近六十，但身體還是很硬朗，當年的落腮鬍已經被歲月染白，整個人看起來也顯得福態。

「我永遠記得你是怎麼講那個題目的，子學，永遠記得。」老師說：「全場的人，所有參加比賽的學校老師還有學生，都在那一剎那間安靜了下來。」

「老師，我真的忘了，你還記得那個演講比賽啊？」

「記得，而且那就像用V8拍攝下來一樣，清楚地在我腦海裡播放。」

「那次的題目是什麼呢？」

「我的老師。」

我像被時間的漩流捲回了十六年前，我想起比賽是在高雄市立圖書館禮堂舉行，台下坐滿了家長、學生還有陪同的指導老師們。

「那天你很緊張，很緊張，你窩在媽媽的懷裡，你媽媽笑著對我說，你一直在發抖。因為那是臨時抽題的演講比賽，你並不知道你上台該說些什麼。」老師拉了拉椅子，火鍋店裡人聲吵雜。「當你知道題目是我的老師時，你無助地看著我的表情，我這輩子都沒辦法忘記。」

「你是第一個上台的，一百多個參賽者，你是第一個上台的。」老師呵呵笑著說，十六年了，他的眼睛還是瞇瞇的。「當司儀喊出你的名字時，你還不知道那是你的名字呢！你上台之後，向評審們鞠了躬，第一句話並不是通俗的『老師好，評審好』，而是一首歌。」

「天啊！」我大叫：「我甚至忘了問好。」

「呵呵，子學啊，還好你沒有問好，不然你就沒辦法拿到第一名了。」

不要談什麼分離，我不會因為這樣而哭泣，
那只是昨夜的一場夢而已。
不要說願不願意，我不會因為這樣而在意，
那只是昨夜的一場遊戲。

中山老師說，大型的演講比賽，第一個上台的比賽者，通常不是表現得很差，就是被尚未進入情況的比賽環境影響，因為大家都還沒有準備好去聽，甚至評審老師們的心情也都才剛開始準備接受參賽者的演講內容而已。

他又說，演講比賽並不是死板的，更直接地說，那只不過是一個人說話給很多人聽罷了，演講其實也只是一種說話，只是有題目而已，只是要在這個題目的範圍裡，把你的想法說出來而已。

所以，並不是每一個人都需要老套的「各位評審老師好，各位同學好，今天我所要演講的題目是……」因為大家都一樣，所以大家也都會直接跳過這些一樣的。

「你像是錄音機一樣地唱完了這首歌，然後開始你的演講內容。」老師摸了摸他的鬢髮，又繼續說：「我也老了，沒辦法記得你說些什麼，不過呢，我永遠記得的是，當別人上台演講，台下卻還此起彼落地哼著〈一場遊戲一場夢〉時，我就知道你成功了，他們都被你的特別吸引了。」

那天，我跟老師聊到好晚好晚，因為回憶好長，好暖……

翻動過去的記憶，發現自己走過的足跡，每一步都是自己，每一步都是美麗。

05

這城市

三年級之後，阿居就被分到別班去了。

但我們還是每天一起上學，一起放學，他的教室在我隔壁那一棟，旁邊就是福利社，隔兩間就是導師辦公室。

沒有跟阿居同班的日子，似乎就沒有那麼清晰，我很努力地回想我三年級之後，到底有過哪些特別的回憶？

我記得三年級是一個很不一樣的年級，那是生命中第一次在學校吃營養午餐，第一次在學校睡午覺，課表上第一次出現下午也有課要上的情況，書本也多了「生活與倫理」還有「健康教育」。

那個時候並沒有現在的週休二日，每個星期二跟星期四，三四年級生都有七節課要上，都要在學校度過正午時分。五六年級則是除了星期六以外，每天都要留在學校吃飯，每天都有七節課。

十一點多的時候，老師就會請班長帶著值日生去廚房把飯菜提回來，然後在每個同學的桌上各發一個吃飯用的鐵餐盤、一個鐵碗，還有一雙新的塑膠筷子。

我很興奮地在我的筷子、鐵餐盤還有鐵碗上面，都貼上了自己的名字，我覺得自己在學校吃飯是一種已經長大的感覺，我不再需要每天中午回家等媽媽回來煮飯。

吃完飯之後，老師要所有同學把自己的餐盤洗乾淨，然後準備睡午覺，不可以再到處走動。

我以為在學校睡午覺，老師們會帶我們到所謂的寢室去，然後每個人發一床棉被、一個枕頭，我甚至奢望有鬧鐘還有冷氣。

結果沒有，我很難過，失望得像掉了寶貝玩具一樣。

老師只是要我們趴在桌上，乖乖的，聽話的，安安靜靜的。

這時班長就會很威風地站在講台上登記座號，只要有人不乖，例如走動、講話、寫功課等等，都會被記下座號。

你會看見黑板上寫著許多不乖的項目名稱，例如「說話」、「走動」、「亂七八糟玩，講不聽」……很多很多，各個項目底下有好多個號碼，而且一定會有些號碼是重複的。

這些被記下座號的同學，下午上課的時候就會被老師罰站，還會在家庭聯絡簿裡面加註今天在學校犯了哪些過錯，讓家長們了解孩子在學校有多麼調皮搗蛋。

我記得我第一次被記上座號，是因為阿居跑來教室找我。

我看見他站在我的教室門口向我招手，我瞪大眼睛，覺得不可思議，我不敢相信在這幾乎全校都安安靜靜睡覺的時刻，居然有人是可以跑到別班找別人玩的。

「我好無聊，我們班一點都不好玩，我都不知道他們在幹嘛。」阿居說：「所以我來找你去盪鞦韆。」

「盪鞦韆？」我驚呼：「現在?你是說著玩的吧？」

「我沒有說著玩啊，你是不是不喜歡盪鞦韆?那我們去外面買沙士糖。」阿居很鎮定地說。

「沙士糖？」我簡直快崩潰了，「拜託!別鬧了，你們班長不會記你喔?」

「記完啦，就是記了我才出來的。」

我驚訝阿居的勇氣，又抵抗不了出去買沙士糖的誘惑。我回頭，班長正在看著我，我也看著他，他向我指了指座位，示意我回去坐好睡覺。

我看見黑板上「說話」跟「走動」的項目底下已經有了我的座號，我眉頭一皺，想了想，不到五秒鐘，我立刻決定跟阿居一起去冒險。

「林子學，你不回來我就要去報告老師了。」

我聽見班長在門口叫我，但我的心已經在雜貨店的沙士糖上面了。

阿居帶我穿過學校的中廊，經過了福利社，他指了指他們班，說：「你看，他們都不睡覺。」我看見他們班上的情況，像是看見每個班級平時下課的模樣。

他們班上同學像是無政府一樣，跑來跑去的跑來跑去，看漫畫的看漫畫，聊天的聊天，甚至還有玩積木的。

他們的黑板上滿滿的都是號碼，管不住秩序的班長根本就是放棄了，只是坐在講台上發呆，同學在他身邊穿梭，像台北站前新光三越的人潮一樣。

他們班的不乖項目名稱非常地好笑，跟我們班完全不一樣。前面說到的「堆積木」、「看漫畫」等等就算了，還有「鬧人」、「亂吐口水」、「打班長不說對不起」、「跑去別班叫不回來」。

我好想去他們班，剎那間我的羨慕全部寫在臉上。

我們從學校的側門跑出去，那是個永遠都關不緊的門，因為側門的旁邊就是垃圾場，每天都會有垃圾車自動開門進來收垃圾。

雜貨店的老闆看見我們上課時間來買糖果一點都不驚訝，好像這樣的事情每天都會發生一樣。我們在付錢的時候，有幾個五六年級生從雜貨店的最裡面走出來，我們好奇，也往裡面走去，赫然發現裡頭別有洞天。

那是個大概有半間教室大的房間，擺滿了電動玩具還有 Bar 台，好多五六年級生一邊打電動還一邊吆喝著，我跟阿居看到傻眼。

我開始害怕並且後悔，我不該在這時候離開學校，我覺得眼前的一切像地獄一樣恐怖，我應該聽班長的話，回到座位上坐好睡覺。

但一切都太遲了，因為我跟阿居同時看見一台剛好沒有人玩的超級瑪莉，這時他看了看我，我也看了看他，我們各自掏出五元，硬幣投入電動機台的聲音像是把靈魂投入邪惡的深淵。

那天晚上，阿居被水媽媽打得亂七八糟，我一度以為水媽媽停不下手，可能就會這樣打到天荒地老。我在我家聽見隔壁的他在哀號，心跳像是裝了加速器一樣慢不下來，因為爸爸就要回來了，媽媽說她會把聯絡簿拿給爸爸看，而聯絡簿上有老師的親筆備註：「子學在今天中午跑到校外打電動玩具，需要家長協助教導。」

一連好幾天，我看見阿居的小腿上有好幾道瘀青，那是藤條走過的痕跡，那是做錯事的懲罰與證明。我也沒有好到哪裡去，我的手心有好幾天是紅腫的，爸爸當天晚上也沒有饒過我，他光是用手掌打我，我的冷汗和眼淚就一起流了。

我們再也不敢去打電動，我是說中午睡午覺的時候，只有中午睡午覺的時候。

因為我們開始無法抵擋那電動玩具的誘惑，每天放學，我們一定會去報到。阿居買芋頭小饅頭的數量明顯地減少，他幾乎都把錢省下來去打電動。

就這樣，我們打到小學畢業，爸媽也打我們打到小學畢業。

畢業那一天，我問了阿居一個老問題：「為什麼在學校睡午覺沒有床可以睡？為什麼沒有枕頭沒有棉被？」

阿居扁著眼睛看著我，他說：「你是神經病嗎？」

當我發覺自己問了個笨問題，正在傻笑吐著舌頭的時候，他又說：「走，我們去打電動。」

「打班長不說對不起」、「跑去別班叫不回來」……

06

國中三年，大家都為了高中聯考在奮鬥，尤其是所謂的「升學班」。在升學班，每天都有念不完的書、考不完的試、補不完的課後輔導，甚至寒暑假還有輔導課要上。

老師每天很準時地在六點五十分進到教室，然後發給我們一張考卷，我們必須在七點二十分之前交卷，然後掃地，然後參加升旗典禮。

典禮之後，開始一天八節課。當第一節課的老師走進教室，我們的手上就會再多一張試卷，上課時間有一半是在考試，一半的時間在討論考卷，然後是第二節、第三節……就這樣到第八節。

第八節之後還有晚間輔導，美其名是留校自習，其實是把今天還沒考完的試，利用晚上的時間考完。所有的同學都已經呈現彌留狀態，就差沒有口吐白沫。

我們都覺得奇怪，為什麼會有這麼多試卷？為什麼考試卷永遠都做不完？後來才知道，我們每個學期所交出去的學習費一千五百元，就是用來買考試卷荼毒我們自己的。

雖然我把國中三年的生活說寫得很像恐怖小說，但這是真的，我們就是這樣走過來的。有時回頭想想，不禁疑惑，那段日子到底是怎麼撐過來的？

但痛苦歸痛苦，我國中三年的生活其實非常地多采多姿。

你可能會覺得自己看錯了，為什麼我會用「多采多姿」來形容我的國中生活？明明國中生活並不適合用這樣的形容詞啊。

說真的，用「多采多姿」四個字我還覺得含蓄了點，其實應該有另外一個更貼切的形容詞，叫作「群魔亂舞」。

會這麼說，是因為我有一堆莫名其妙的同學。

我以為阿居已經是夠特別的人了，但我們一到國中之後，我發現班上幾乎每一個男生都是「阿居級」的怪咖。

我就來隨意地說幾個吧。

首先，先來介紹我們班的遲到大王，他遲到的功力已經到了上帝也嘆息的境界，他幾乎不曾準時參加過早自習，要在第一節上課時看見他，也有某種程度上的困難。

他遲到的理由千變萬化，冠冕堂皇，模稜兩可還舉一反三，簡直就是出類拔萃。你似乎永遠不會聽到同一種遲到的理由，除非你特別去記錄它。

他叫作李紹銘，我們都叫他肉腳，至於為什麼叫作肉腳，我也記不得了。

而他遲到的功力所向披靡，待我慢慢跟你們敘述。

再來是周石和，一個你無時無刻，都可以從他身上任何一處翻出錢來的天才。

是的，你沒看錯，就是翻出錢來。

另一個是江泓儒，一個你無時無刻，無論如何都沒辦法從他身上翻出錢來的另一個天才，而且他出去玩一毛錢都不帶，你還會覺得無可厚非，無所謂。

本來我們不知道周石和有這項特異功能，更不知道江泓儒是個打死不帶錢的阿呆，直到有一次，大家考完試，相約去新崛江裡那一間有很多電動玩具的奧斯卡看電影。買票的時候，大家各自掏出錢來，這時江泓儒很可愛地笑了一笑，說了一句我沒帶錢。說也奇怪，大家也沒多想什麼，就開始想辦法幫他籌那一百八十元的電影票錢。

六七個人身上的零錢掏出來，加一加還不到一百塊，正當大家你看我我看你，不知道該怎麼辦的時候，周石和說了一句：「好啦好啦，我生啦。」

只見他把手伸進前面的口袋，嗯了一聲，又伸進後面的口袋，再嗯一聲，然後他一副恍然大悟的表情，再把手伸進襪子裡，拿出來的時候就多了五百。

「哇靠，你幹嘛藏錢在襪子裡啊？」肉腳很不可思議地問著。其實不只他覺得不可思議，我們所有人都覺得不可思議。

周石和沒說話，只是呵呵笑了兩聲。

電影尚未開演之前，我們沉醉在一樓的電動玩具裡，電影演完了之後，我們走到附近的餐館吃飯，這時赫然發現身上的錢全部打電動打光光。

結帳的時候，大家再一次你看我我看你，不知道該怎麼辦。江泓儒就別說了，他總是傻笑著等別人替他付錢，別人也會像中邪一樣地替他付錢。

這時周石和又說了一句：「好啦好啦，我生啦。」

只是這一次他不是從襪子裡拿出錢來，而是內褲。而且內褲裡生出來的錢比較多。

從此之後，只要大家一起出去玩的時候有周石和在，我們就會盡情地揮霍身上的現金，然後很開心地等他表演生錢的特異功能。我們很喜歡他說的那一句「好啦好啦，我生啦」，對我們來說，這句話根本就是天籟。

周石和跟江泓儒都長得肥肥胖胖的，很壯，似乎天生就有一股蠻力。記得那時我們學校正在蓋新的校舍，工地附近堆放了很多鷹架、水泥還有磚頭，他們兩個時常相約一起去玩徒手劈磚頭。

非常恐怖的是，他們真的能把磚頭劈斷。

我問他們為什麼這麼無聊，劈磚頭手不痛嗎？

他們異口同聲地回答我：「這是課外活動。」

其實江泓儒是個很聰明的傢伙，他的頭腦裡永遠都有讓人感到訝異的想法。說得明白一點，只要是你覺得平常人不會做的事，他都會不加思索地去衝。

他自稱是「神」，這世上沒有他不敢做的事。他騎車的時候說自己是車神，他賭博的時候說自己是賭神。

記得有一次，下課時間，他趴在走廊上的護欄邊，一副若有所思的樣子。這時你會覺得噁心，一個超過八十公斤的壯男在護欄邊裝憂鬱，看了就很想給他一個飛踢。

「喂，你在想什麼？」我走過去問他。

他轉頭看了我一眼，然後指著底下說：「這樣有多高？」

我看了看下面，「兩樓半。」我答。

「我跟你打賭，我敢跳下去。」他說，說的時候臉上的肥肉在振動。

我又看了看下面，再看一看他，「賭多少？」我問。

「五十塊。」

「好，我賭了。」

話剛說完，他就跳了。我心一驚，探頭一看，就看見他圓滾滾的身軀落在草皮上，然後往前滾了兩圈。

我怕他受傷，但他只扭傷了腳踝。

他贏了五十塊，但我想他去看跌打師父的錢可能不只五十塊。

還有一次，他做了一件驚天動地的事，班上的同學都為之一驚。

一天早上，他才走進教室，就一副屌樣地對我們說：「別再叫我神了，叫我救世主吧，迷途的羔羊們。」

我們都一頭霧水，但他平常臭屁慣了，我們也就算了。

早自習的時間，照慣例，導師會走進教室，然後發給我們考卷。

但這一天沒有，老師只是走進教室，手上並沒有考卷，他面色凝重地看著我們，然後宣布了一個消息：「各位同學，今天暫時不考試了，因為學校昨天遭了小偷，我們班的考試卷全部都被偷了。」

我們所有人心裡都嚇了一大跳，但隨之而來的是一陣爽快，全班歡聲雷動，就像宣布聯考廢除一樣地興奮。

我們都偷偷地看向江泓儒，他只是瞇著眼，狡詐地看著老師，露出自信的笑。

原來那個小偷是他，他趁著夜裡潛入學校，帶走了所有的考卷，還拿去燒掉。

這一刻，他簡直是我們的偶像，別說叫他救世主了，要我們跪下來拜他，我們都心甘情願。

只是，爽快的時間只有五秒鐘，因為老師又補了一句：「因為沒有了考卷，所以同學們明天要再交一千五百元。」

請想像當時所有人的表情，以及江泓儒的。

07

肉腳是怎麼學會遲到的？你問我這樣的問題，我可能會先朝你腦袋上敲兩下，然後回你一句：「遲到這種事情還需要學嗎？」

為什麼我會特別聲明這個？那是因為有一次，肉腳遲到的功力已經高深到令我有想拜他當師父的念頭了。

肉腳是騎腳踏車上課的，他家距離學校大概有八百公尺，這八百公尺的路，完全不需要轉彎就可以到。很多同學家比他遠，上學路線比他複雜，而且還是用走的，所以我們怎麼也想不通，為什麼他這麼會遲到呢？

那日，晨間九時許，陽光赫赫炎炎，輕風逸逸徐徐，肉腳一副若無其事，泰然自若地走進教室，他連報告兩字都沒有說。老師看了看他，也只是搖搖頭。他從我身邊經過，一陣肅風翻湧，赤光乍落，我看著他的表情，心中不由得深深讚佩，那態勢已經接近了翩翩颯爽，玉樹臨風，簡直就是旁若無人，清風傲骨啊。

那時第二節已經進行到後半段了，肉腳簡直就是把上課當上班。

坐在附近的女同學看見肉腳遲到了竟然還如此氣盛翩翩，宛若潘安再世，都不禁一陣嬌喘，頰色頓時紅潤了起來。

只見肉腳一個轉身，右手一個翻轉，書包已經順勢吊掛在書桌的右方，他移動視線，觀察了四周，聚氣一凝，倏地便知道這節課是英文，真是強中之豪傑，絕頂聰穎，就看他稍稍挑撚了手指，英文課本便像羽毛般從書包中飄了出來，緩緩降鋪在桌上。附近女同學一看，又是一陣嬌驚，下一刻立即感覺到身體發熱，似乎起了變化。

上面四段，都是我們班的天才「簡大便」寫的，我只是照抄而已。

他那個時候對金庸的小說迷之又迷，再加上平時對情色小說的研究也算透徹，所以寫出來的東西可說是辭流語暢，遣字恰當，但武俠加上情色……嗯，這兩大派的取向與內容不一，讀起來總是怪怪的。

簡大便本人的名字當然不叫簡大便，這只是連姓帶外號一起叫而已，若真取這樣的名字，那簡媽媽這玩笑就開大了。

只是簡大便本人不太希望他的真名曝光，所以他甘願叫作簡大便，我也就悉聽尊便。

簡大便這個傢伙的事跡也是如數家珍，待我慢慢介紹，咱們故事先回到遲到魔王肉腳身上吧。

「就算是上班，九點半也應該遲到了吧。」坐在我旁邊的邱志融一臉正經地補了一句，「好一個遲到魔王，連老師都已經放棄收伏他的念頭了。」他點點頭。

下課後，我跑去問肉腳。

「你是怎麼學會這麼厲害的遲到大法？」

「遲到大法？」

「對啊，你的遲到功力已經到了天荒地老，鬼哭神號的境界了，多少女孩為你瘋狂啊。」

「哪有女孩子為我瘋狂？」

「我也不知道，簡大便寫的。不過那不重要，快告訴我怎麼學成的！」

肉腳看了看我，然後在我的頭上敲了一下，「遲到這種事還需要學嗎？」

我摸了摸頭，仔細地聽他說來。

「遲到，是一件非常藝術的事情，而且工程浩大，艱辛萬分。首先，你必須喜歡睡覺，而睡覺呢，是一種天賦，但後天可以加以練習。」

「然後呢？」我問。

這時，邱志融似乎也感興趣地湊過來聽，然後是周石和、江泓儒、簡大便。

「再來，你必須像個聾子一樣，不管鬧鐘怎麼響，你絕對不能去理它，如果能在鬧鐘響了之後繼續睡，醒來之後鬧鐘已經叫到沒電，那麼你就已經差不多了。」

「喔？好神，再來呢？」

「再來就是不管時間多晚，你都不該急著完成什麼事，例如刷牙洗臉換衣服，做這些事情的速度與心情，關係到一整天的精神問題，絕對不可以急。」

「有道理，然後呢？」

「然後就是最困難的一段了。你必須忍受老師同學在你走進教室時，所投射過來的異樣眼光，最後你就會自然地視而不見了。基本上這些眼光有很多含意，有不以為意沒關係的，有不可思議很神奇的，有莫名其妙挺奇怪的，有極為厭惡想扁人的，也有看見偶像要簽名的那一種，不過最後這種比較少，不需要期待太高。我本人從上國中以來到現在，研究遲到的精髓已經三年，倒是只有一次被投以看見偶像的眼光。」

「哪一次？」我問。

「就這一次，你們所有人看著我，要我教你們怎麼遲到這一次。」

包括我，還有所有聽他闡揚遲到精義的人，不是賞他一拳，就是踹他一腳。

那之後，肉腳的遲到習慣依然沒有改過來，我想他應該非常引以為傲吧。

有一天，第一節下課，周石和因為上課跟女同學傳紙條，而且內容太過噁心，所以被班導叫到辦公室罰站。

他們的紙條內容是：

女：「好無聊，我們來吟詩作對吧。」

周：「喔，好啊。」

女：「那我出題囉。」

周：「來吧。」

女：「與君相約喜鵲橋，」

周：「卻見烏鴉死黑鳥。」

女：「……君無吟詩之誠意，」

周：「相約閨房會更好。」

本來我也想，吟詩作對的紙條，應該罪不至罰站才對，但看了內容才知道，他被罰站也難怪啦，如果我是老師，我當然會罰他站，這詩真是太不正經了。

就在周石和被罰站沒多久，老師帶著肉腳走進辦公室，且面色凝重，看起來很火大；肉腳則依然氣度翩然，一臉自若的模樣。

「說！」老師拉高了嗓子，「今天遲到又是因為什麼理由？」

「我……」肉腳有些畏懼。

「講啊！昨天是腳痛，前天是眼睛痛，大前天是肚子痛，今天又是哪裡痛啊？」

「沒有，今天沒有痛。」

「沒有痛？這是什麼文法啊？算了……既然沒有痛，為什麼今天還是遲到啊？」

「因為……」

「因為什麼？」

「因為……我……」

「你怎樣啊！」老師用力拍了桌子，顯然耐性已經用光了。「再不說我就要打電話給你父母了。」

肉腳看了老師一眼，然後說了一個不可思議的理由：「我……我……我迷路！」

不只是在現場的周石和笑到翻過去，連老師都笑到不知所措。

不愧是遲到的魔王啊，肉腳。

鬼才會相信「迷路」這個理由，都已經國中三年級了，每天走同一條路，就算說閉著眼睛騎車都知道下個坑洞在哪裡也不過分，他竟然用迷路的理由搪塞，這真是天才與勇者的作為。

一旁罰站的周石和當場笑到不支倒地，他回到教室時把這件事告訴我們，我們又是一陣狂笑，然後異口同聲地說：「如果我是老師，我一定讓他死無葬身之地。」

其實肉腳這麼常遲到，自始至終也只有一個原因，就是睡覺。他沒辦法說服自己準時起床。他說，他常在鬧鐘響的時候問自己：「君欲起床乎？」剛問完就又不省人事了。

肉腳的事跡可以說是五花八門，說三天三夜可能都說不完。

還記得當時我們有個理化老師，他的名字裡有個「輝」字，又因為他的腳行動不方便，所以我們替他取了個外號，叫作跛輝。他倒也挺喜歡這個外號，可能是聽起來有那麼幾分豪氣。

跛輝上課的時候還算認真教導，但每節上課，他一定會提到ＮＢＡ，他非常喜歡看

ＮＢＡ，並且非常喜歡跟學生討論。他非常期待，能有學生跟他一樣，對比賽和球星如數家珍，但當時國三的學生，能有多少時間看ＮＢＡ的比賽？就算你品學兼優，顧學無慮好了，你也無法像老師一樣，每一場比賽，或是每一篇報導都耳熟能詳吧？

跛輝後來似乎知道這一點，所以他退而求其次，只要他在說ＮＢＡ的時候，不准有人打瞌睡即可。

偏偏，打瞌睡一直是肉腳的「專長」。

什麼？你問我打瞌睡是他的專長，那遲到是他的什麼？這你就太傷我的心了，我敘述了這麼多，難道你看不出來，遲到是他的「天職」嗎？

一天，理化課，跛輝帶來了前一節小考的考卷，並且開始討論試題。這種一天到晚討論題目的日子相信大家都有過，仔細回想便會發現，討論當時，教室裡必定哀鴻遍野，此起彼落，看著答錯的題數，並且開始計算待會兒會被老師打幾下。

跛輝先叫幾個成績優異的同學唸出某些選擇題的答案，然後他再做詳細的解釋。肉腳照慣例開始打瞌睡，而且一覺深眠，難以復醒。

這時跛輝開始發表他對麥克・喬丹的高見，以及對派崔克・尤英的看法。你不認識這兩個人沒關係，但你不可以不知道接下來發生的事。

很快的，跛輝發現肉腳正在和周公下棋，他先以靜制動，在肉腳附近盤旋，像隻荒原裡飢渴欲尋獵物的禿鷹，肉腳周圍的同學發現，想先叫醒他，沒想到跛輝早了一步。

「李紹銘……」他喊了第一聲，肉腳沒有反應。

「李紹銘。」第二聲，肉腳還是不為所動。

「李紹銘！」

第三聲終於叫醒了肉腳，他慌慌亂亂地站了起來，看了看自己的考卷，又看了看別人的考卷。

「A啦！A啦！老師，這一題答案是A！」

這時老師只是笑了一笑，「啊我又沒有叫你站起來。」

全班頓時哄堂大笑，肉腳慢慢坐了下來，臉紅得跟柿子沒兩樣。

最後要說的是簡大便，他是個奇人，我只能這麼形容他。

他喜歡水，很喜歡，非常喜歡。還是我應該說，他喜歡親近水，很喜歡，非常喜歡。

本來大家都不知道他對水有這麼無法自拔的喜愛，後來大家跟他一起出去玩了幾次，慢慢地發現，他有個不知道該怎麼形容的習慣。

只要目的地是有水的，他一定要下去游泡一番。

有一次，我們許多人到了四重溪遊玩，那天早上天氣還算不錯，陽光和煦，不大不小，不知道怎麼的，到了下午，天空突然陰黑了起來。

那時候我們正在溪旁的小徑行走，大家看了看天色，不免有些擔心。

「喂，我們再走下去也不是辦法，如果等等下大雨了會很麻煩。」邱志融回頭對著江泓儒說。

話才說完，細細的雨絲就飄下來了。

「啊靠，真的下了，你這張嘴真是靈啊。現在怎麼辦？回頭嗎？」江泓儒說。

「先回頭吧，找個地方先避避雨，不然如果裡面沒有地方躲雨，我們真的會變成落湯雞。」

周石和說完，大家便開始往回走。

請想想，說這幾句話的時間，應該不需要多久，頂多十幾二十秒吧，但當我們一回頭，簡大便已經脫光衣服，漂流在溪面上了。

是的，你沒看錯，就是脫光衣服，一絲不掛。

「快啊，快來啊，這水好清澈，涼透我心啊。」他說。

我們所有人當場下巴全都垂在地上。他的速度之快，匪夷所思。

我們問他為什麼這麼敢，如果當時有其他遊客在，那豈不是很難看？

但他只是搖搖頭，並沒有回答。

又一次，在旗津的海邊，夜裡，晚空星星萬點，明月光兮，我們在沙灘上夜烤，談天說笑，四周遊客寥寥，但情侶成雙結對。

沒多久，不遠處傳來一陣驚叫，我們朝著聲音的來處看去，在稀微的燈光下看見一條赤裸的身影，雙手扠腰，面對著大海。

「我的天……」我驚呼。

「是簡大便。」邱志融也驚呼。

沒多久，沙灘上一片死寂，遊客幾乎全數離開，情侶更是一對不剩。我們本來想趕快滅了烤肉的火，迅速離開，然後報警來把他抓走，但看在同學三年的情分上作罷。

簡大便說，赤身裸體面對水，是對水的尊敬。我們雖然覺得那是一派胡言，但為了不讓他繼續妖言惑眾，只好頻頻稱是。

國中畢業之後，大家就四散了。有些人念了外地的五專；有些人因為家庭因素離開了高雄；有些人繼續高中生活，目標國立大學；有些人則選擇了高職，為了一技之長。

是吧，是吧，天下無不散的宴席，有聚就有散，散後有緣就會再聚。

大學時，聽同學說簡大便在中興大學物理系，並且取得交換學生的資格，準備要去美國了。

但他奇人有奇事的特性，我想是永遠都不會改了。

「下個月，簡大便就要到美國去了。」一次電話的聯絡，肉腳這麼告訴我。

「真的？為什麼？」我驚訝地問著。

「交換學生。」

「原來如此，真是優秀。」

「不過，你知道簡大便在中興的社團是什麼嗎？」

「什麼？」

「中國武術社。」他忍著笑意說著。

「中國武術社？那還ＯＫ啊。」我說。

「但是他自傳表上的專長寫什麼你知道嗎？」

「寫什麼？」我有不好的預感。

肉腳終於笑了出來。

「螳螂拳。」他說。

如果你有這樣的同學，你該驕傲？還是慚愧呢？

一生一命一的一痕一跡一

很準時的，我的思念從來不曾遲到。

音樂聲一入耳，你的樣子便在眼前飄。

睽違了四年，我又再一次看見了西雅圖霓染絢麗的耶誕。

我的身邊縱有再多人陪伴，仍不及一個你。

上個月，在 Mr.Banson 的墨西哥餐廳裡，遇見了 Jerry。

他有著褐色的眼睛，卻有著四分之一的中國血液。

他問我你的名字，我只是笑了笑，說是個傻男孩。

他問我為什麼想念？我仍是笑了笑，說停不下來。
他問我能不能忘卻？我還是笑了笑，說了聲拜拜。
他拉住我的手，眼神中等待著我的答案。
如果你是我，你會怎麼回答呢？子學。
西雅圖的，寂寞的，我的耶誕。
這是別人相聚的日子，卻是我的孤單。

By 想念咖啡的牛奶

09

回憶走到這裡，硬生生地被上一班的衛兵打斷。他搖動著我的手臂，用氣聲喚著我趕快起來接班。

「子學，起來了，站哨了。」他輕輕地說，怕吵醒四周還在睡覺的同袍。

「嗯，好，我並沒有睡著。」我說。

這已經是第四天，我在累了一天之後躺到床上，卻無法好好地睡一覺。

我看了看手錶，將近深夜一點整，四周漆黑，除了走廊上透進來十分微弱的光線之外，幾乎伸手不見五指。

因為我睡在上舖，所以每次站夜哨，我都得輕輕地爬下床，以免驚醒了同一架床座的四個同梯。

我打開手電筒，慢慢走向我的衣櫥，拿出軍外套穿上。十二月底的天氣，或許別的地方並不這麼冷，但我在成功嶺，這裡冬天的夜風像利刃般犀利。

我走出寢室，直接到安全士官桌前與上一班衛兵進行交接。上一班的衛兵是我的鄰兵，因為這是新訓，所以每一班衛兵都只站一個小時。

我所接替的衛兵哨是營舍東邊的樓梯口，這裡是個令人憂愁，也令人喜樂的地方。因為在夜裡，從這裡望出去，台中市的夜景一覽無遺，在城市與天的連接處，泛著輕紅微黃的亮光，夜班的火車好似在你的腳下移動，車裡的燈光橫動，像白色的夜漓光流，每次從這裡看見火車，心裡都會升起滿滿的感傷，它載著流動的光點與奔波的旅客，卻帶不走我。

偶爾被安排到接近晨間的夜哨，凌晨五點至六點的東方，雖然因為冬季天亮得晚的關係，但你會被那一陣寒風中的絲絲暖流給感動。紫霞中染著淡淡橙光的天邊，雲彩像迎接太陽一般地趨向光前，這時你會知道，今天是晴天，同時心裡會有個聲音似感嘆卻又安慰地告訴自己：「嗯，距離我退伍的日子，又近了一天了。」

九月份的國家考試，我落榜了。這是個有心理準備的結果，雖然難過但也不難接受。放榜那天，阿居和皓廷都打了電話給我，我知道皓廷考上了，我也知道阿居跟我一樣，差之毫釐，失之千里。

很快的，皓廷辦妥出國的手續，他帶著睿華去了紐西蘭，還說可以的話，會買隻綿羊回來送我。阿居則是跟我一起交出了畢業證書，等待兵單來臨。

十一月，入伍的日子來到，我跟阿居經過安排，同時被分配到台中成功嶺受訓。但阿居只當了十多天的兵就被送回家了，原因是體檢不合格，我問他是因為什麼原因不合格，但他沒有告訴我。

他要離開營區那天，有個很莫名其妙的畫面。我心裡滿滿的羨慕，羨慕他可以不用浪費兩年的時間在當兵這件沒意義的事情上，他卻拚老命地去找連長營長，說他想留下來。

我問他是不是因為不用當兵爽過頭了，故意找連長跟營長麻煩？他說他真的想留下。

「為什麼？」我無法置信地問著。

「因為你在這裡，我就要在這裡啊。」他答得就像這件事天經地義一樣。

阿居被班長帶走的時候，我們正在營舍旁邊擦槍保養，他本來想跑過來跟我說話，但是被班長攔了下來。

我看著他慢慢走下坡道，他數度抬頭凝望，一股捨不得的酸楚瞬間從鼻間升到眼瞳裡，逼出了我的眼淚。從那一天開始，我就知道，這接下來的六百多個日子，我必須一個人堅強。

幾乎每一個男孩子都不喜歡當兵，我當然也不例外。除了令人害怕的陌生環境、不自由的生活、受約束的行動、身體上的苦痛、心理上的煎熬之外，我想，還有一個最讓人不捨的理由吧。

很多人說，當兵之後的男性才叫作男人，因為歷練已經累積到了某一個程度。而當兵前的男性稱為男孩，那是無憂無慮的青春。

若「當兵」二字是男孩蛻變成男人的分水嶺，那麼，能不能也看作是無憂青春與紛擾世俗的界線呢？

這幾天，我的腦海中不斷地演出幼小時、年少時的回憶，一段一段清晰的模糊，模糊的清晰，青春年少像一部永遠都演不完的電影，亦或該說是，永遠不下檔的強片。

青春過去了，我用回憶在追憶，但如果現在的我就在追憶青春，那麼「青春」兩字所指的，又是多少時年呢？

是十至二十歲嗎？還是五到二十五歲？青春給你多少時間，你又給青春多少年？

我記得爸爸曾經跟我說過他在基隆當兵，他說「基隆是那麼地美麗，卻像地獄般讓人墮落」。我在想，當他說這句話的時候，他也跟現在的我一樣，正在回憶自己的青春嗎？

我看過一本書，叫作《藍色大門》，兩個作者在不是內容處的某一頁寫了一段話，深深獲得我的認同。

我們試著寫了N種結局給你看，但是，

媽的，現在才發現……

青春這故事，

好像怎麼寫也寫不完……

是啊，他們說得對，青春這故事，真的怎麼寫也寫不完。

所以，我的青春結束了嗎？還是仍然在我心裡深處的某個角落呼吸呢？

我想，這些的這些都不是重點了。

重點是，青春是一個人最值得懷念的過去，界定青春的長短，只是削短了它的精彩。

原來，青春一直都在。原來，青春就是……

生命的痕跡。

青春，是生命的痕跡，過去，是回憶的累積。

當兵這件事，或許在許多長輩及女孩們眼中，是男兒此生必須經歷的一件「好事」，但在男兒眼中，卻是一件「鳥事」。

大家都說當過兵的男子，一定會比沒服過兵役的男孩有擔當，至少抗壓力較強，不怕困難，苦操實練之後，自我的能力一定有某種程度的提升。

本來我對這樣的說法抱持保留的態度，因為感覺上，這樣的想法雖然言之有據，卻不盡客觀。

誰說爬過玉山的人，就一定能征服其他的山嶽呢？

帶著這樣的態度踏入軍旅，我還來不及感受到能力的提升，心中的問號早已經填滿我全部的思緒。

或許可以了解軍中的某些規定有它的道理存在，但我卻一直懷疑它的意義在哪裡。有些事其實可以很簡單地完成，不過一旦牽扯到「軍」字，就會複雜到天上去。

別的先不說，就以最基本，最簡單的說話為例吧。

除了有障礙的人之外，相信每個人都能說話，而且也都說得不差，因為從小到大，你身邊的每個人幾乎都跟你說過話，大家所用的文法與稱謂都一樣，習慣性的詞句排列或簡潔的應對也都一樣。

舉個最簡單的例子：

甲說：「你好嗎？」這時你會怎麼回答呢？

當然，在平常的生活中，我們會有很多的回答方法，而且又因為人情世故的關係，回答的詞句跟語氣，甚至動作都不一樣。

如果甲是你的爸媽，你應該會自然地回應一句「我很好」，然後笑一笑。

如果甲是你的長輩，我想正常人也都會回應「我很好」，或是「還不錯」，再不然也會點點頭。

又如果甲是你的死黨或好友，那答案就千變萬化了，舉凡「過得去啦」、「要什麼噁心啊」、「要你管」或是「好啊，好得很，好到無以復加，好到天荒地老海枯石爛」這種無聊的答案都可能出現。

但如果甲是你的仇人或情敵，我想你應該會直接回答：「去死吧！」或是「我好你媽個B！」

以上的論點，都是阿居還在的時候告訴我的，基本上，依我的個性，不會想這麼多，我頂多就是聽聽而已。

不過，平時我們會怎麼回答這簡單基本的問題已經不是重點，重點是在軍中，這樣的問題你該怎麼回答呢？

答案是：連問題都是錯的。

是的，連問題都是錯的。「你好嗎？」這個問題是錯的，而且這個錯會換來二十下扶地挺身，罰站十分鐘，或是罰寫三十次「我再也不說你我他」。

如果你屢犯不改，跟你同班的同梯則會一同遭殃受罰，這就是俗稱的「連坐法」。怎麼說呢？聽我仔細道來。

新兵訓練中心是個神奇的地方，有許多與部隊不同的規則。這點就是其中之一。在中心裡面，說話不准出現「你，我，他」這樣的代名詞。是的，不准。

「你」字，要用那個人的職位做直接的稱呼，例如班長、連長、指揮官。

「我」字，亦是自己的職稱替代，例如學生，或是二兵。

「他」字更是神奇了，必須用「該員」表示。

這一點真是讓我匪夷所思，而且怎麼想都覺得國軍怎麼還沒打仗就在找自己麻煩？我在想，當我向某個人說話，而「他」並不在旁邊的時候，我用「該員」兩字表示，聽話的人怎麼知道是該哪個員？或是該幾個員呢？

綜合以上的說明，來，這裡有個練習題，大家試試看。

假設「我」是二兵，「你」是連長，請問：「他有件事要我來轉告，說如果你再如此囂張，他就要扁你了。」這句完整的句子該怎麼用軍話來翻譯表達呢？

正解是：「該員有事要二兵轉告，說如果連長再如此囂張，該員就要扁連長了。」這是個漂亮的答案。你答對了嗎？但我不禁想問，如果你是這位連長，你會知道哪個該員如此膽大包天想扁你嗎？

記得阿居曾經因為這樣的軍話，問過我一個很難回答的問題。

「你他媽的。請用軍話翻譯。」

我不太會翻，你呢？

回到最初的那個問題，「你好嗎？」這個問題在軍中既然是錯誤的，那麼我們就沒有繼續討論下去的必要了。

「根本連討論都不需要，乾脆連說話都不必了。」我說。

「講軍話，會不斷地覺得自己說話像個白癡。」阿居說。

說得好，阿居。

唉……哀哉，哀哉，我偉大的國軍體制……

11

除了說話之外，還有一件事也因為軍隊的關係而變得複雜。

在我的感覺中，不只是複雜，更是無聊。

這依然是件很簡單很基本的事，就是吃飯。

或許你無法想像吃飯這個動作何以變得複雜？難不成還一個口令一個動作？

是的，你答對了，就是一個口令一個動作。

記得我們第一天報到的時候，進行了好多程序。驗名正身、分發連隊、體檢、剃頭、辦領衣物、點收裝備、分發床位與衣櫃、換裝、入營宣導、軍歌教唱還有答數教學等，幾乎每一道程序的進行都是很快速的，就連那些工作或輔助人員的態度也變得很快速。他們總是一副非常不耐煩的樣子，像是我們集體欠他們錢，而且很久沒有還的樣子。

尤其是連隊裡的班長和值星官，他們更是凶得有些離譜。因此，每個人的表情都是驚慌的，那些少數還笑得出來的，笑沒幾秒鐘就會被罵：「笑什麼笑？很好笑嗎？」

好不容易，吃飯的時間到了，我們的肚子也快餓扁了。

集合哨聲響起，所有人快速地來到連集合場，這時值星官站到隊伍面前，大聲地整隊，並且宣布：「等等，我們就要進餐廳吃飯了，在吃飯之前，我有些話要跟各位說，這是你們入伍的第一天，從今天開始，你們就已經不是外面那些死老百姓了，我不希望看見你們有死老百姓的動作，還有習慣，你們最好把那些在家裡亂七八糟、五花八門的壞習慣改掉，才有可能有好日子過。看看你們身上的軍服，這可不只是一件衣服而已，還代表了你是個頂天立地的男子漢，才有機會有榮幸穿上這一身的榮耀。再看看你的四周，這裡是鼎鼎大名的成功嶺，不是你家，不是你的學校，更不是你的房間，你們最好從這一秒鐘開始，繃緊全身上下所有的神經，注意力最好不要有任何的分散，就連視線也最好不要亂飄……媽的我講話你看哪裡啊！」

他突然大聲罵起人來，我們不知道為何的，都嚇了一跳。

原來是有個排頭的同梯眼睛亂看被他發現，當場就被怒斥。只見他瞪著那個同梯，眼睛大得像張大了的嘴，要把人吃掉一樣。

「你在這裡所有的動作都牽涉到你現在的身分，最好不要再想為所欲為，我說的直接一點，犯錯，就是責罰；犯罪，就是軍法。不信厲害的可以試試，我多得是精神與體力跟你們玩，軍法也多得是法令和條例跟你輸贏。總之，放下你的少爺身分，罩子放亮點，眼睛別一天到晚閉著，時間就會過得快一點。等等進餐廳，我不希望聽見有任何一個人給我出聲音，如果讓我聽到一點點聲音，我保證你們會喜歡上餐廳的遊戲。」

我是念法律的，依我的專業知識，他剛剛所說的那一堆話，有七成左右都是威脅與恐嚇，依刑法第三百零五條，他已經構成了恐嚇罪。

「只要是以加害生命、身體、自由、名譽、財產五種中之任何一種或數種的事情，恐嚇他人致生危害於安全，就會構成刑法第三百零五條之恐嚇罪。只要被恐嚇的人感到害怕，就會構成恐嚇罪，不以發生客觀上之危害為必要。」

我在嘴裡輕輕唸著，阿居轉頭看了我一眼，然後微笑。

但我們都知道，恐嚇罪不適用在這時候，這是個暫時不受法律保護的時刻。

七零八落的隊伍（我承認是七零八落）終於走到了餐廳門口，值星官指揮隊伍停下，又接著說：「沒關係，我原諒你們今天隊伍的亂七八糟，明天開始，我會好好教你們走路。」

他指揮著各班的班長把隊伍帶進餐廳，並且走到位置前站好，不能坐下。

待其他連隊全部進餐廳之後，你會看見數百人整齊地排站在餐桌前，而且一點聲音都沒有，除了些許咳嗽聲。

相信大家都聽過「吃飯皇帝大」，但這句聽起來很天堂的話，在這裡一樣不適用，因為接下來就是地獄的開始。

作。

在更大的主官（也就是營長）尚未來到餐廳之前，各連隊會開始訓練餐廳的就位動作。

就位的動作分成「起板凳」、「就位」、「坐下」三個。

「起板凳」就是把靠在桌子下方的板凳拉出來，這個大動作還分三個小動。喊一的時候，所有人一起彎腰（還要九十度，你彎不夠肯定被罵），並且左手前右手後地抓住板凳，喊二的時候，將板凳提起離地三公分，喊三的時候放下板凳，要求絕對無聲。

「就位」則分成兩動，喊一時先跨入左腳，二時再跨入右腳，然後立正。

「坐下」就是坐下，但絕不能有任何聲音與多餘的動作。

這看似簡單的三個動作，各班班長可以玩你半個小時。

他們的要求有二，一是無聲無息，二是動作一致。

一張板凳坐三個人，起一張板凳就是三個人一起動作，光是一個起板凳的第三動，他們就可以不斷地要求重來重來重來，像是無止盡一樣地重來。有些比較變態比較機車的班長還會蹲下來，看看提起板凳時是不是離地三公分。

等到所有的動作都練習過了，營長也終於出現了。這時所有人的眼睛裡都已經無神了，因為肚子餓到了一個極限，桌上的飯菜也早就都冷掉了。

如果你的運氣好，你遇到的營長就不會是多話的。當司儀宣布營長致詞，他講沒兩三句就命令吃飯。

只可惜，我的營長，話不但多，還喜歡講冷笑話。

「歡迎大家從四面八方聚集到成功嶺來，這是我們的緣分，能當你們的營長是我的榮幸，但你們能當我的兵是你們的福氣，啊——福氣啦！」

他突然來了個「三洋維士比」，我們都沒能反應得過來。現場大概五百多個人，只有他一個人在笑。

其實他還說了很多廢話，但在這裡我就不再廢話了。

吃飯這個動作總算開始了，從值星官在連集合場宣布要吃飯那時開始，到真正地把飯吃到肚子裡，這一路還真是千辛萬苦。我從來就不知道吃飯這個動作可以這麼複雜。

更不知道吃飯的時候還會被玩！

因為我們的餐具是金屬製的，碗筷盤都是，在使用的時候難免會有碰撞，發出「鏘鏘」的聲音。我們當然知道他們要求不准發出聲音，但要一點聲音都沒有，真的是比登天還難，更何況是一整個連隊一起吃飯，數百根筷子一起動作，能沒有任何聲音嗎？

「停！」值星官喊了一聲，大部分的人都停了下來，但嘴巴還在咀嚼。

「媽的！我說停了你們還在咬，咬什麼咬啊！聽不懂停是什麼意思啊！」

終於，所有人都停了下來，眼睛看著值星官，不知道他又要下什麼莫名其妙的命令。

這時我在想，這麼多雙眼睛在看他，而且大都是有情緒存在的眼神，有些倦累，有些惹憐，有些無奈，有些憤怒，他有什麼感覺呢？不會有任何一點難過嗎？還是不會覺得這一切都太無聊嗎？

「你們不會吃飯嘛，叫你們不要出任何聲音，你們就是聽不懂，沒關係啊，我來教你們。等會兒聽口令，一個數就嚼一下，說夾菜就給我分三動，一是伸筷子，二是夾菜，三是放進嘴巴，扒飯時給我以碗就口……」

他仔細地說明所有的口令，像是說明著這個遊戲的規則，而我們都是遊戲，他是玩遊戲的人。

我承認，我是憤怒的，因為我真的想不透，是怎麼樣的意義與目的，讓這些事情，或說是這樣的遊戲存在，而且還存在得像是真理，存在得如此正當如此頂天立地？

軍人就要有軍人的樣子，什麼事情都要要求，任何動作都要統一，如果還像在家裡一樣，自由隨便亂七八糟，當然沒辦法訓練，沒辦法要求，也就沒辦法捍衛國家。

這個道理我很了解，我也非常認同。

但我沒辦法理解的是，吃飯這麼一件簡單又重要的事，到底有什麼理由和意義搞得所有人這麼難堪？又是什麼樣的觀念或是制度，讓這莫名其妙的遊戲繼續存在？

我們一動又一動地被約束著，夾菜，放進嘴巴裡，咬一下，再咬一下，再夾菜，再放進嘴巴裡，咬一下，再咬一下⋯⋯

我看著阿居的眼睛，阿居看著我的眼睛。

我知道他看見了我的憤怒，但我也看見了他的寬心。

這天夜裡，入伍第一天的夜裡，我躺在床上，看著天花板，心裡有好多感覺。害怕、焦躁、憤懣、疑慮，連我自己都沒辦法理清當時到底是哪個感覺較明顯，而我又該先安慰自己什麼？

我只能不斷問自己一個沒有答案的問題：「這無法逃避的一年十個月，我在這樣的環境裡能學到什麼？」

「子學，」突然，睡在下鋪的阿居攀上我的床，「我知道你還沒睡。」

「是啊。」我的聲音是無力的。

「你不要想那麼多，真的，」他的眼神好認真，又好輕鬆，「你再不滿，再憤怒，再疑惑都沒有用。」

「這些莫名其妙的事情，我至少得給自己一個答案或解釋，不然我會很痛苦。」

「你不會得到答案和解釋的。」阿居搖頭。

「為什麼？」

這時，阿居跟我說了一句話，我突然發現，原來，在皓廷、阿居和我之間，我是最無法順境而生的人。

而我也終於知道，為什麼阿居面對這些無理的要求，竟會是寬心的。

「因為這裡不是一個任何事都有答案和解釋的地方。」阿居微笑著說。

筆者：我其實不恨軍人，我恨的是那些無理的要求。

是啊，這裡真的不是一個任何事情都有答案跟解釋的地方，因為這裡就像一個用鐵絲網還有高牆圍起來的小型社會，在社會裡看得見的人性，和某些你將會遇上的挫折與磨練，這裡給了你實習的機會。

當太多事情跟你本來想的或認為的都不一樣時，你第一個感覺就是憤恨，再來是沉默，接著是累，再久一些，你就會看破了。因為這些事情活生生地在你眼前上演，你明知這些事是錯的，是無理的，是不公平的，是會引起公憤的，但你只能把你的不平與憤恨往肚子裡吞，「管他那麼多，反正再不久就要離開這裡了，我再也不需要看見這些人。」你會一而再，再而三地拿這些話安慰自己，逼自己閉嘴。

我舉個例子吧。

部隊行進的時候，總少不了唱歌答數，軍歌總是怪異又難聽得要死，答數總是單調又無聊得要命，但我知道我身在這裡，現在我是軍人，而這是軍人會做且該做的事，我一定會認分、努力地去做。

但值星官總會在歌還沒唱完，數答到一半就喊停，然後全連蹲下，交互蹲跳二十下，再繼續行進。他這麼做沒有其他的原因，就是我們唱歌太小聲，答數沒精神。而我們唱歌太小聲，答數沒精神也一樣沒有其他原因，就是某些害群之馬，永遠開不了金口，永遠捨不得稍微出點聲音。

我左前方這個人、我右後方這個人，還有我正後方這個人，他們的嘴巴永遠是閉著的，當我們許多人正在努力地嘶聲吶喊的時候。

我不知道還有多少人跟他們一樣，但我敢確定，絕對不只他們三個。

我的憤與恨，在每次部隊行進的時候，便像烈火一樣熊熊地燃燒著。

「國旗在飛揚，聲威浩壯，我們在成功嶺上，鐵的紀律使我們鍛鍊成鋼……」

當大家都在大聲唱著的時候，他們是安靜的。

「英雄好漢在一班，英雄好漢在一班，說打就打，說幹就幹，管他流血流汗，管他流血流汗……」

當大家在努力喊出聲音的時候，他們還是安靜的。

「雄壯，威武，嚴肅，剛直，安靜，堅強，迅速，確實……」

當大家的喉嚨像乾涸的深井再也擠不出一點點聲音的時候，他們依然是安靜的。

我真的很想拍拍他們的肩膀，問問他們，為什麼他們忍心，或乾脆直接說，為什麼他們有原子彈都轟不破的臉皮，可以看著自己的同梯如此努力，而他們卻無動於衷？

值星官說，如果你一個人不唱歌，那麼你旁邊的人便要喊出兩人份的聲音，仔細想想，你憑什麼要別人替你努力？

這是一句好話，也是個好問題，但好話與好問題遇上了混蛋，只是兩句廢話而已。日子一長，我便漸漸地了解這些人的劣根性。

我的憤與恨消失了，取而代之的，是沉默。

某天班長在台上宣布，下星期的軍歌比賽，如果拿到師級第一名，有榮譽假三天。

三天，或許在平常人眼中，就只是三天，並沒有什麼特別之處。

但在我們的眼中，那是比黃金更珍貴的東西。我們會很自然地把三天的時間拆開，用七十二個小時去替代，然後在腦子裡開始分配：要用三個小時搭車回家，要用兩個小時跟家人吃飯，再用幾個小時去找哪個朋友，再拿幾個小時……

這七十二個小時對我們來說像是七十二萬，甚至更多；在這七十二小時的自由裡，眼裡所看見的一切都會美麗七十二倍。這種感覺，我想除了當過兵，或是正在當兵的人能體會之外，大概會有很多人覺得我刻意誇大吧。

但是不是誇大已經不重要了。阿居離開營區後一個星期，軍歌比賽開始了，拚命撕扯喉嚨的人，別說為了榮譽，就算是為了三天假期，把肺臟唱到吐出來都會繼續唱下去，而那些永遠不開口的人、報病號看好戲的人，很輕鬆地打碎了我們放假的美夢。

師級比賽場長什麼樣子，我們根本沒機會看見，因為我們連營冠軍都沒有拿到，甚至跟另一個連並列第三名，而全營只有四個連。

然後，我的沉默消失了，取而代之的，是好重好重的累。

那是我入伍的第三個星期三，那是我入伍後第三次失去聲音。在我的聲音回來了又失去，失去了又回來，回來了再失去……這樣循環了三次之後，我被軍醫轉送台中的八〇三醫院，醫生叫我別再說話，更不要唱歌答數，否則，喉嚨真的會壞掉。

我從醫院回來，看著我的藥包，還有醫生寫給我的「免唱歌答數金牌」，我那同樣失去大部分聲音的鄰兵拍了拍我的肩膀，問了句「你還好嗎」，我的眼淚有差點從眼眶裡掉出來的危險。

然後，當我看見我左前方那個人、我右後方那個人，還有我正後方那個人在下課時間一面談天說笑，一面喝著飲料的時候，我的眼淚倏地蒸發了一般。

我的累消失了，取而代之的，是看破。

這只是眾多不公平當中的其中一項，所以我這些憤恨，這些沉默，這些累和這些看破，也只是眾多不公平當中的其中一次。

當看破了之後，剩下的心理工作就是找一個出口讓自己自由。你只能數著日子，告訴自己，再過幾天你就會離開這些混蛋，然後被分發到另一個混蛋更多的地方。

我還記得我第一次放假外出的時候，前幾天晚上幾乎樂到睡不著覺，每天帶著很疲累的身體躺到床上，腦子卻異常地清醒。

我在枕頭下藏了一本隨身曆，二〇〇三年的十二月已經畫掉了十九天，我用食指算了算，我入伍已經第二十九天了。

十二月二十二日那一欄上面，寫著「抽籤」兩個字，而二十六日那天，寫著「結訓」，我想到今年的耶誕節我將在這裡度過，突然一陣心痛。

我回想起大二那一年，我在神奇學舍遇見了住在五G的藝君，那天就是耶誕節，那天她喝得有些醉。

我又想起大三那一年，艾莉端了杯咖啡，還有她做的火腿蛋餅來按門鈴，那天也是耶誕節，我發現我是一杯咖啡。

然後，不知道為什麼，我想起很小很小的時候，我跟阿居剛認識，為了跟他比賽踢石頭，我踢掉了自己右腳大拇指的指甲。我想起了那間芒果乾很小的雜貨舖，我想起了那個賣飯糰的阿嬤，我想起了我們曾經的諾貝爾，我想起了阿居是我這一生第一個班長，我想起了那個愛鳥也愛魚的校長，我喜歡那兩面匾額，我想起了中山老師，我想起了周石和、江泓儒、肉腳、邱志融、簡大便……

好長好長的一段回憶的路，那似乎是用彩虹的顏色去調配一樣地美麗，我像看了一部好長好長的電影，而電影尚未演出結局。

回憶走到這裡，硬生生地被上一班的衛兵打斷。他搖動著我的手臂，用氣聲喚著我趕快起來接班。

「子學，起來了，站哨了。」他輕輕地說，怕吵醒四周還在睡覺的同袍。

「嗯，好，我並沒有睡著。」我說。

「叫你的哨很好叫，」他說：「不像阿秉，他真的超會睡的。」

阿秉是我們的同班，他的鼾聲可以讓人以為天空打雷了。

今天的哨依然是營舍東邊的樓梯口，清晨的五點到六點。我說過，這裡是個令人憂愁，也令人喜樂的地方。喜的是你看得見外面的世界，那可以讓你稍微感受到那一份自由，憂的是這裡讓你看見了外面的世界，卻也只是看得見。

尤其是那深夜的列車，似乎載著滿滿的你的鄉愁，你甚至想許願，不計任何代價，只求列車帶你離開。

這一天就是放假日了，我累積了好幾天興奮的感覺，卻在這一天完全消失。

大概，是那一部漫長的人生電影的關係吧。

那是一段適合愁的日子，當你聞得到軍服的汗騷。

13

第一次放假的感覺是新鮮的，但這一份新鮮好擁擠。

所有在成功嶺新訓的新兵都在同一天放假，數量不多，兩千人左右而已。兩千人在同一時間步上成功大道，那是一個大約三十五度往下的斜坡，班長說我們放假從這裡出去，收假也從這裡進來。

下午五點，我們從成功門出營區，由值星官及班長帶隊，目標成功車站。

往成功車站的小徑非常地蜿蜒崎嶇，而且上上下下的，途中還會穿過高速公路的涵洞，那裡有一股潮濕的馬路味道。

班長說，他們私下給這條小徑取名叫自由路，走完這一條路，就是通往自由。即使那自由是短暫的。

這是個很生動的名字，卻也充分反應出人性中對自由那份自然的渴望。

成功車站有多小？沒去過的人絕對不知道。

我這麼形容吧，如果你在平時來到成功車站，你可能只會覺得它是個「不大」的車站，但如果你是成功嶺新兵，那麼從那兩千人同時湧入的情形來說，你會給它一個很小說的名字，叫作「看不見的車站」。

真的，你看不見車站大門，你看不見售票處，因為你的四周都是人，要進月台都有被擠傷或推倒的危險。

香腸小販、零嘴小販隨意在車站前擺妥小攤子就開賣了，那些平時在裡面聞不到的烤香腸的味道，現在陣陣撲鼻。甚至檳榔攤都派出檳榔西施在人群中擠著賣檳榔。這是一種很可怕的畫面，因為檳榔是違禁品，而你會看見一些不怕被值星官或班長抓到的人，大大方方地在擁擠的人堆中掏錢買檳榔，而買過檳榔的新兵則是趁亂靠在西施身上磨蹭。

一陣混亂之後，幾乎所有人都到了月台，南下的新兵必須到第二月台排隊，北上的則留在第一月台等待火車進站。

因為我的戶籍在高雄，所以軍隊替我買的是南下的車票，但目的地不是高雄，而是彰化。他們的做法是以成功為基地，替新兵買一段票，南下到彰化，北上到台中，因為成功不停靠莒光以上的車級，所以他們用普通號載我們到這兩個大站，我們再自行買票回家。

沒多久，北上的火車在遠遠處就要進站了，站在第一月台的同梯弟兄們熱情地向第二月台的我們揮揮手，大聲說再見。那種畫面像是抗戰或日據時期，親人要送自己的孩子到戰場一樣，唯一不同的是，我們說再見時是笑著的，而且我們不會去追火車。

第二月台的我們雖然跟他們素不相識，甚至他們是幾營幾連的都不清楚，但因為心中有一種莫名的同袍情感，我們也拚命地揮手說再見。

目送他們的火車離開，我的心突然酸了一下，看著那最後一節車廂消失在鐵道的那一端，我好像有那麼一種感覺，北上才是我想去的方向。

我從包包裡拿出這一個月來在軍中收到的信，一共有二十五封，兩封是皓廷寫的，兩封是阿居，其他的二十一封，都來自同一個地址，同一個寄件人。

那也是我熟悉的地址，熟悉的寄件人。

我有個習慣，這個習慣也是到成功嶺之後才開始培養的。

我會依照寄信人的代號，還有收到信的先後順序，在信封的右上角編號。

阿居的信，編號是Ｇ１和Ｇ２，因為他的居字，我用Ｇ來表示。

皓廷的信，編號是Ｈ１和Ｈ２，因為他的皓字，所以用Ｈ來表示。

而那另外二十一封信，我用的代號是Ｌ，Ｌ１到Ｌ21。

我拿起那封Ｌ１，那是Ｌ寫給我的第一封信，我不知道她去哪裡找人畫了一個我，這封信的信封是用半透明的描圖紙做的，上面有我的畫像，還有她娟秀的字跡。

裡面只寫了一闋詞。

花自飄零水自流，一種相思，兩處閑愁。
此情無計可消除，才下眉頭，卻上心頭。

如果我沒記錯，這是一闋宋詞，是李清照的〈一剪梅〉，而這一段是詞的後半段。告訴我這闋詞的人說，這闋詞要上下兩段同時呈現，才有那滿滿的相思愁。

火車慢慢地往彰化的方向行駛，天空已經暗了下來，除了西邊那一道紫橙相襯的餘夕之外。

艾莉，妳好嗎？此刻B棟11樓的天空，是不是和我眼前的一樣呢？

此情無計可消除，才下眉頭，卻上心頭。

14

我記得國家考試結束那天下午，我接到艾莉的電話，她正結束一個訪問，在捷運站裡打電話給我。

「子學，考完了嗎？」電話那一頭的她，聲音聽起來是笑著的。

「嗯，剛考完。」

「考得如何？得心應手嗎？」

「不瞞妳說，既不得心也不應手。」

「啊……」

「別擔心，自古以來，這個考試本來就輸多贏少，考完就好，上榜與否，老天知道。」

「你這麼看得開？」

「不是我看得開，是只有看得開這條路啊。」

她說為了慶祝考試結束，要請我去喝杯咖啡，我們約在台北車站。

我記得那是個雨天，台北車站的屋簷在滴著碩大的雨水，我站在路邊，眼前有個小販正在賣雨傘，我看了看手上那把傘骨已經斷了兩根的破傘，然後掏出兩百塊，向小販買了一把咖啡色的。

在選擇顏色的過程當中，我幾乎沒有任何猶豫地選了咖啡色。一直到我付了錢之後，我還在奇怪為什麼我會選咖啡色？

天空突然響了一記悶雷，轟隆隆的。我突然想起艾莉是個不喜歡拿雨具穿雨衣的女孩，這麼黃豆般大的雨，她一路走過來也淋濕了吧。

自從畢業之後，我就沒有再見過艾莉，一直忙著準備國家考試，就連家裡的大門也很少踩出去過，更別說是跟艾莉見面了。

那段日子，每天的作息幾乎都一樣，而且時間公差相當小，昨天起床的時間跟今天起床的時間絕對相差不到三分鐘，吃飯的時間也是，念書的時間更是佔了二十四分之十五。

每天的動作就是起床，早餐，念書，午餐，念書，晚餐，洗澡，念書，消夜，念書，每一件事情的時間幾乎都一樣，唯一不同的是睡覺的時間，因為我有在睡前收發E-mail的習慣，因為我跟艾莉之間的聯絡，也只靠E-mail。

艾莉本來決定要補習考研究所，但後來她的親戚推薦她到一家雜誌社工作，那是一家汽車雜誌社，因此她迷上了汽車，也迷上了開車。

她在八月就拿到了駕照，在我參加國家考試的前幾天就應公司要求，下場飆了幾圈，在 E-mail 裡，她不斷告訴我那賽車場的刺激，還告訴我有朝一日一定要帶我飆兩圈。

在她的 E-mail 裡面，你時常會看見很多你不懂的專有名詞，或說是不明白意思的動詞。

例如：子學，有機會你一定要試試 HONDA H22A 的威力，那真是 NA 引擎的藝術品之一。

又例如：子學，今天有輛硬皮鯊在試車的時候失控撞上了路旁的電線桿，我們一行人跑上前去把人拉出來，雖然駕駛沒事，但我看著那爆裂的引擎室，剛剛吹到 1.3bar 的螺子被撞毀了，突然覺得好心疼。

到底什麼是 H22A？什麼是 NA 引擎？什麼是硬皮鯊？又什麼是吹到 1.3bar 的螺子呢？我不得其解，但看著她發現了自己有興趣的事物，我似乎也替她感到快樂。

她還會在 E-mail 裡附上一些照片，是她採訪過或是她很欣賞的車子，甚至她還告訴我她已經坐過法拉利，只是那法拉利並不是在行駛中而已。

那些照片當中，有一張是她站在車子的左前方，她的旁邊有個男人，摟著她的腰，他的臉離她的臉很近。

我的心像是被什麼東西打到，很難過，卻一直不知道難過的原因。我希望這個男人離她遠一點，我希望這個男人拍照的時候不要隨便摟著別人的腰。

但我只是在看到照片時難過，至於回信當中，我並沒有回應艾莉什麼。

我只是把那封信給刪了，然後難過地上床睡覺。

其實說真的，當我知道艾莉在汽車雜誌社工作的時候，我有點沒辦法想像，一個中文系畢業的女孩，怎麼會對汽車這麼陽剛的東西有興趣呢？

艾莉說，是我們男人天生的觀念錯誤，才會覺得女孩子不適合從事與汽車有關的工作。

「是你太小看女生了，子學。」艾莉說。

她說，汽車只是個東西，而且是個沒有限制性別使用的東西。憑什麼男孩子對車子有興趣很正常，而女孩子對車子有興趣就是奇怪呢？

我沒辦法做任何的辯駁，因為她說得對。

而且我後來想想，一個會騎偉士牌的女孩，會對汽車有興趣也算是有跡可尋。

這時，天空又閃了一記悶雷，我撐開了咖啡小傘，因為雨被風吹到我的腳尖前。

艾莉不知道何時站在我的後面，我被她嚇了一跳。

「這是個好顏色，子學。」

「什麼？」

她指了指我的雨傘。

「我以為妳又要淋雨過來了。」

「我搭捷運啊，不會淋到雨的。」

「剛剛的訪問還好嗎？」

「其實我只是跟著前輩去記錄的，但剛剛那輛 BMW330ci 真的很快很快。」

雖然我不知道 330ci 是什麼，但我還是笑著看她，她也面帶微笑地看著我。

「好久不見了，艾莉。」我說。

「好久不見了，子學，你想念我嗎？」

在咖啡小傘下，她往前站了一小步，問我，這一小步讓我幾乎聽見了她的心跳，而我的心跳似乎也在應和著。

我沒有回答，只是笑著點點頭。

總以為自己可以無視思念的存在，直到妳出現在我面前……

一註一定一

二〇〇四年了，月曆換上了新衣，我卻依舊一身愁緒。

明明是該放棄了啊，那是我跟你之間的約定。

我曾擁有你的溫柔，我曾擁抱你的溫度，

我甚至想用我這輩子的全部，交換你這輩子的保護。

最後，兩個多月的僵持之後，

Mr.Banson 還是選擇了土耳其綠紋的窗簾，

我精心努力推薦的英格蘭香草橙黃配上北極星藍，他還是放棄了。

這是不是一種巧合呢？經過 Lake Washington 時，我這麼想著，
Mr.Banson 選擇了土耳其綠紋，
是不是就像你選擇了當一杯咖啡一樣呢？
我覺得他如此英格蘭風味的人，應該適合我的推薦，
就像我覺得咖啡跟牛奶如此的絕配，應該適合你我之間。
所以，這是不是一種巧合呢，親愛的子學？
我想，你一定沒有答案吧，我想。
於是，我開始相信註定，
也開始相信，我們之間不是註定。

By 想念咖啡的牛奶

15

後來我們並沒有去喝咖啡，因為艾莉的公司打電話來，突然有很緊急的事情要她趕回去加班。

我其實是沒關係的，這種無奈的事情縱使沒有理由我都可以體諒，更何況是公事。

我們走進捷運站，因為她用悠遊卡，所以我只買了我的票，要搭到市政府站。

她要搭的是淡水線，我陪她走到月台，她的車子剛剛離開。

「對不起，子學，我不知道會這樣……」她的眼神中充滿了歉意。

「沒關係，沒關係，我不會介意的。」

「那，你可以等我嗎？」

「考試都結束了，我本來就沒有什麼事，當然可以等妳。」

「不管多晚你都會等嗎？」她的表情雖然是微笑的，但語氣卻像在顫抖著。

「是啊，不管多晚我都會等。」

「嗯。」她看了看我，然後轉過頭。

顯示幕上面告知說，距離下一班列車進站的時間，還有四分鐘。

「子學，下個月我要出差到日本去，大概要去四到五天。」

「日本？為什麼？」

「下個月是東京車展，我必須去觀摩觀摩。」

「哇！」我有些羨慕，「那一定很讚吧。」

「嗯，東京車展是世界五大車展之一，那規模一定是很大的。」

「我看我得開始加強自己對車子的知識了。」

「為什麼呢？」她轉頭問我。

「免得以後我都不知道妳在說什麼。」我笑著。

「呵呵，」她輕輕咬了一下唇瓣，「我沒有要讓你自慚形穢的意思，我只是想跟你分享我的獲得。」

「那看樣子，妳的獲得很明顯地比我多。」

「但你在其他方面的獲得卻不比我少啊。」

列車進站還有三分鐘。

「我就不知道國家考試到底考了些什麼，你說是吧。」

「是是是，妳說的都是。」

「其實我會做這個工作，我自己也很意外。」她低著頭，月台上人群愈來愈多。

「我以前一直覺得，我將來的工作不是當個老師，就是到出版社工作，我小的時候也一直認為自己將來一定是個老師。」

「妳是挺適合的。」我說。

「後來進了汽車雜誌社，對車子有了些許了解，我發現有好多東西本來不在你的腦子裡的，但一旦跟你擦出了火花，那種收穫絕對比想像中的多很多。你知道什麼是V6或V12嗎？」她問。

「不知道。」

「你知道什麼是扭力嗎？」她問。

「不知道。」

「你知道什麼是四活塞卡鉗嗎？」她問。

當然，我還是不知道。

我很驚訝這兩個多月的時間，這些所謂的社會歷練給她帶來的成長。她就像一塊海綿，不斷地吸收著社會給她的水分。我看她愈說愈起勁，卻愈發現自己似乎慢了她那麼一點點。

「那你呢，子學？你本來想做什麼？」

「我？我本來想當數學家。」

「數學家？」她一臉的不可置信，「為什麼？」

「因為我小時候一直覺得我是天才，而那些赫赫有名的數學家幾乎都被稱為天才，所以我覺得我會是下一個被稱作天才的數學家。」

她笑了，笑得很開心，不過，那應該是在笑我的天真吧。

「我小時候的偶像是高斯跟阿基米德，」我摸摸頭髮說：「他們兩個跟牛頓並稱三大天才數學家。尤其是高斯，他十歲的時候，他的數學老師就已經輸給他了。有一天上課，數學老師出了一個題目，一到一百的各數總和，高斯不到一分鐘就舉手，向老師說答案是五〇五〇。」

「他怎麼算的呢？」艾莉有興趣地問著。

「妳想想，一加一百等於多少？」

「一〇一。」她說。

「那二加九十九呢？」

「也是一〇一。」

「那三加九十八呢？」

「喔！原來……」

「嗯，一加到一百，就等於有五十個一〇一。」

「子學，你為什麼會知道高斯十歲時的事情呢？」

「小時候，我爸爸買了一些名人傳記給我看，也就是因為那些傳記，我才對數學家有興趣的。曾經我還想過，如果我當了數學家，我就要拿個諾貝爾數學獎，只是後來才知道諾貝爾沒有數學獎，妳知道為什麼嗎？」

「喔？為什麼？」

「因為我們偉大的諾貝爾先生的老婆，就是被數學家給拐跑的，所以他懷恨在心，不在諾貝爾獎裡面設立數學獎。」

「真的假的？你為什麼知道呢？」

「因為我有個國中同學，他叫邱志融，數學系畢業，是他告訴我的。」

這時隧道裡吹來一陣風，我抬頭看了看顯示器，列車正要進站。

「子學，我也知道林子學小時候的事情喔。」

「什麼？」因為隧道裡吹出來的風聲，我沒有聽清楚她說什麼。

「我說，我知道林子學小時候的事情。」她貼近我的臉，靠在我的耳邊說。

「我小時候的事？」我好疑惑。

列車慢慢地停了下來，我睜大眼睛看著她，她只是微笑。

「你真是個傻瓜。」她說，腳步正往車內移動。

「艾莉，等等，妳說什麼我小時候的事？」

「你真的一點都不記得了，子學。」

她依然微笑著，列車的門打開了。

「妳快告訴我啊！」我焦急著，心想該不該跳上車去。

這時，她用雙手的大拇指和食指圈成了兩個圈圈，慢慢地放在她的眼睛前面。那是個戴眼鏡的手勢。

鳩鳴聲響起，車門關上，她放下手，對我微笑。

她用唇語說著「等我」，列車很快便消失在月台盡頭。

戴眼鏡？戴眼鏡的艾莉？

不，她的視力正常，從不需要戴眼鏡的。

啊！該不會她是……

有些人在你生命中曾經出現過，不代表不會再出現。

16

「我生命中第一個副班長？」

列車已經離開，那車輪與軌道的磨擦聲還在隧道裡繚繞，我的驚訝如果可以疊起來，大概會有半天高。

我正在努力地接受這個訊息，卻又很難確定這個答案。

我拿起電話打給阿居，他跟皓廷正在等電影開演。

「阿居，我告訴你一件很不可思議的事。」我急切地說。

「不可思議？你決定要去變性了？」他還是這麼喜歡提水還沒開的那一壺。

「拜託，正經點。」

「我很正經啊，現在除了三件事情會讓我覺得不可思議之外，其他的我都會覺得還好而已。」

「哪三件？」

「韋皓廷跟李睿華分手，林子學變性，陳水扁不競選連任。」

「你很無聊。」我無力地說。

「你不覺得這三件事幾乎沒得商量嗎？沒得商量的事成真了，那就是不可思議了。」

「我不跟你唬了，我跟你說，你真的不記得我們小學一年級的副班長是誰了？」

這時我的列車進站了，車廂裡湧出好多人。

「不記得，我只記得她戴一副大眼鏡。」

「她是王艾莉。」

阿居聽完，大概十秒鐘不能說話，過了好一下子，他才說：「再說一次？」

「她是王艾莉。」

「你唬我嗎？」阿居的語氣變了，變得很認真。

「我沒事唬這個也太沒營養了。」我比他更認真。

「你怎麼知道？」

「她剛剛……」

「啊！我想起來了！副班長的名字叫作王美華啦！」

阿居這麼一說我也才記起，艾莉以前的名字叫作王美華，她只跟我們同班了兩年，後來就不知去向了。

掛了阿居的電話之後，我還陷在那個驚嚇中好一會兒，很多以前的事情慢慢地被回想起來，感覺很近，卻也很遙遠。

那天晚上，我等到八點半，艾莉終於下班，但還沒離開公司就急忙打電話給我。

「嗨，子學，你還在台北吧？」她的聲音裡裹著一種著急的情緒。

「當然啊，我說過我會等妳。」

「我好怕你走了，我以為你是跟我開玩笑的。」

「我不會跟妳開這種玩笑，這是會受傷的玩笑。」

我聽見她在電話那一頭的呼吸，卻沒有聽見她的回應。

「妳還在嗎？喂？喂？」

「在，我在。」

「怎麼不說話呢？」

「沒有，我被你的話嚇了一跳。」

「嚇了一跳？」

「沒，沒什麼。你在哪裡？我去找你。」

「我在市政府附近，妳不需要來找我，妳先回家洗個澡，恢復一些精神，我到妳家樓下等妳。」說著說著，我走進捷運站。

「你確定嗎？」

「嗯，我確定，妳應該還住在B棟11樓吧？」

「對啊。」

「那麼，待會兒見。」

到了B棟11樓，我走近警衛室，警衛叔叔還記得我，問我是不是考上了律師？我尷尬地笑了一笑，表明我的來意，他開門讓我到中庭去等艾莉。

我撥了電話給她，她剛洗完澡，從浴室出來。

「你到了嗎？子學。」

「喔，不，我還沒到。」

「我剛洗完澡，你還要多久呢？」

「妳希望我快一點還是慢一點？」

「我……」她的聲音帶著一些猶豫，「我希望能快些見到你，又希望你慢慢來，小心安全。」

我的心跳頻率開始不規則，艾莉的回答讓我深感悸動。

「那麼，妳現在開始數到一百秒，一百秒之後，我就會出現在中庭。」

「子學，」她的聲音輕輕的，「我數兩百秒好嗎？我寧願多等你一百秒，也不要你危險。」

聽到這裡，我已經不想再繼續開她的玩笑了。

「對不起，艾莉，我其實早就已經到中庭了，剛剛我是逗著妳玩的。」

她聽完大約過了三秒鐘，「子學，」她說：「那麼你希望我快一點還是慢一點呢？」

「我希望妳跳下來，我希望下一秒鐘就能見到妳。」

「那我偏不，」她笑著說：「你慢慢等吧，姑娘我心情好了才下去見你。」

電話的那一頭充斥著笑聲，電話這一頭的我也是滿臉笑意。

那時候有一種溫溫熱熱的感覺充滿了整顆心，我想那是一種幸福。

不久後，她從電梯裡走出來，頭髮還是濕的。

「妳不把頭髮吹乾就出門，這是會感冒的，王美華小姐。」

她聽到，呵呵地笑了出來。

「你想到啦？」她說：「美華是我小六以前的名字，後來說什麼筆畫不好，所以改名艾莉。」

「其實不是我想到的，是阿居想到的。」我說。

「喔，沒想到他還記得我。」

「應該說，沒想到妳一直記得我們。」

「散步好嗎，子學？」她拉了拉我的衣角，我們一起跨出第一步。

「還是左五十圈右五十圈嗎？」我問。

「如果我說走到永遠，你會答應嗎？」她突然停下腳步，轉頭看著我。

我被她的問題嚇了一跳，不知道該不該回答。

「妳是認真的？還是……」她沒有回應，只是笑一笑。

我想再追問時，她說：「其實我本來是不記得你們的，」她看著地上，「那是因為水泮居這名字太特別了，一輩子也只遇到過這麼一個水泮居，所以我慢慢地想起來，原來你們是我的國小同學。」

「妳的眼鏡呢？」

「我是四百度遠視，後來去雷射治療。」

「那妳幹嘛不跟我們講呢？」

「這麼好玩的事情，一定要留著改天嚇你們啊！」

「這麼說，妳很久以前就發現囉？」

「一個把班長當校長一樣在做的人，讓人印象深刻，這真的很難忘記。」

「果然，妳跟我有同感。」

「我還記得我們國小大致上的樣子，但我三年級就回到台北來了，一住就是十五年。」

「那麼，那次妳到高雄去找我，是十六年來唯一的一次？」

「是啊，唯一的一次。」

我們已經順時針走了十圈，艾莉拉著我轉了個方向。

「那……真的好久不見了，同學。」

「是啊，好久不見了，同學。」

她走在我的右前方，一步一步輕盈的，我慢慢伸出手，用右手食指勾住她左手的小指。她慢慢地把左手往後，且慢下了腳步，配合我的速度，一指一指地勾住我右手全部的手指。

「啊，沒想到今晚還會有星星。」她抬頭看著天空，而且沒有把我的手放開。

「是啊，下過雨的台北，天空應該還是吝嗇的。」

「子學，我想問你一個問題。」她拉著我坐下，在中庭裡的亭台上。

「妳說。」

「如果自國小二年級之後到現在，我們都沒有再見面，你會不會覺得可惜呢？」

「我不知道怎麼回答妳，艾莉。」

「為什麼？」她眨著大眼睛看著我。

我推了推眼鏡，「因為我並不知道，再見面之後我們會是這樣的，所以我不知道該怎麼覺得可惜啊。」

「那你說，我們現在是怎樣的？」她調皮地問著，抓住我右手的手握得緊緊的。

「我覺得是註定，艾莉，」我轉頭看著她，「這真的是註定。」

她沒有說話，只是看著我。

月亮終於從雲層裡露了面，那麼地明顯，那麼地皎潔。

多少人渴盼這一份註定，又多少人需要這樣的註定。

又多少人明白，註定二字，不是能被渴盼與需要的。

17

兩天之後，部隊收假了。

感覺時間過得好快，兩天前才剛在成功車站上了往彰化的火車，兩天之後又回到成功來了。

站在成功大門的前面，我的心情百感交集。眼前是一扇兩天前帶著雀躍心情離開的大門，現在又必須帶著痛苦的心情從這裡走進去。

我在想，如果這一條斜三十五度的成功大道有生命的話，那麼它會聽見多少像我現在一樣不願意走進去的痛苦呢？每一次放假的時候，它又會看見多少張帶著興奮神情的笑臉呢？

幸好成功大道是沒有生命的，不然它應該早就「路」格分裂了。

門口的哨兵要我們把所有的東西和行李都翻出來檢查，看看是不是有攜帶違禁品。所謂的違禁品就是香菸、刀械、撲克牌等等這些東西，或許看這些東西就能知道他們為什麼禁止，但他們給你的理由卻很莫名其妙。

「帶撲克牌跟香菸的，我會加強你們的體能訓練，你們不會有時間使用到這些東西的；至於帶刀械的，睜開你們的眼睛看看這是什麼地方，這裡是部隊，軍火多得可以炸掉半個台灣，你們帶進來是想火拚是嗎？」

這是一種威脅？還是一種下馬威？還是純粹想阻止新兵帶違禁品的話語呢？

軍中總是會把一件簡單的事情搞得非常複雜，我似乎也慢慢地習慣了。

這時哨兵搜出我放在袋子裡的二十五封信，他要我一封一封地打開，看看我是不是藏了什麼東西在裡面，我沒說什麼地照做了。

「你的信很多啊。」哨兵說，他的語氣中有種不屑的味道。

「還好，很多人比我還多。」

「都是你女朋友寫的啊？」

「不，不是，都只是朋友。」我回答，心裡有點不悅。

「啊別騙了啦，是馬子就是馬子，不是馬子一天到晚寫那麼多信給你幹嘛？」

我看了他一眼，他說話的態度輕蔑，表情驕孽，看了很想補上一拳。

軍中多的是這種人，他們永遠不知道自己其實不太討喜，卻總喜歡用這種不太討喜的態度面對別人，還覺得自己很帥很行。

收假的人數愈來愈多，部隊也派了幹部來帶隊，他們不會允許我們一個一個像散兵一樣地在成功大道上散步，他們想在收假的第一時間就讓我們進入狀況。

「人都收假了，靈魂也要收假啊。」

這是帶隊的班長說的，我記得放假那天，他是帶我們走自由路的其中一個幹部。

但聽他的聲音，他的靈魂似乎也還沒收假呢。

慢慢走上成功大道，這斜坡長得讓人感覺有些吃力，明明放假那天的路並沒有這麼長的啊！

果不其然，部隊集合之後，收心操開始了。

伏地挺身預備的口令一下，所有人立刻趴下，班長一個口令，我們就是一個上下，很多姿勢不太標準的同梯，一個一個被班長怒斥糾正。

「林子學！」

突然，部隊外圍有人喊我的名字，我立刻站起身來，舉手喊有。

「這是不是你的？來看看。」是連長。

我一看，發現那是我的手提包，「報告連長，是我的沒錯。」

「掉在走廊上了，我看是你的大背包破了吧。看看有沒有什麼東西不見的。」

我東翻西看了一次，東西都還在，還有一張差點遺忘的紙條。

「報告連長，東西都在。」

「那就好，進隊伍去吧。」

「謝謝連長。」

我報備入隊的時候，心裡想著的是剛才那一張紙條。

那上面寫的是一個 E-mail 信箱，還有一個網址。

我想起我跟阿居把畢業證書一起交到區公所之後的兩天，那是十月，高雄的氣溫還是接近三十度。

艾莉剛出國到日本去看東京車展，她在臨上飛機前還打電話給我。

「子學，我要出發了，祝我好運吧。」

「幫我多帶些好看的照片回來，我要開始多研究車子了。」

「嗯，你要照顧自己喔。」

「妳也是。」

「雖然只去幾天，但我還是會想你的。」

這是艾莉第一次說她會想我，她第一次對我用了思念的字眼。

我也會想妳啊，艾莉，雖然我很少告訴妳。

掛了艾莉的電話之後，我接到一個理學院學弟打來的電話，他們知道我找藝君找了很久，後來在幫教授整理電腦資料時，看見藝君的 E-mail 信箱，還找到了她的一個網站。

他們把信箱和網址資料傳真給我，還很可愛地在下面附上：

學長，把握良緣喔，這是一條老天爺給你的線索啊。

下面是我的帳號跟密碼，快點進去吧！

我看了只是苦笑，心裡面亂七八糟，像是吃到一種食物，有很多種味道，卻難以整理出一個感受。

「這也是另一個註定嗎？」我這麼問自己。

而答案在我連上了藝君的網站之後，像沉重的石頭丟到海裡去一樣，慢慢慢慢地沉了下去。

我註定夢見艾莉，註定在分別了十多年之後又遇見艾莉。

但藝君的出現，是不是也代表著……另一個註定呢？

18

看得出那是藝君自己做的網站，首頁的入口有許多星象，還有一些有關大氣科學的資訊，等那一張張美麗的星象圖跑過了之後，畫面出現一個 Enter，我按了一下，它指示我鍵入帳號和密碼。

鍵入學弟給我的帳號和密碼之後，一陣背景音樂聲響起。

螢幕的左方有一排目錄，有照片、遊記、笑話、心情記事區、資訊、留言板，以及一些連結，我按了心情記事區，下方跑出一個小小的選擇視窗。

視窗裡有好多人的名字，包括借我密碼和帳號的學弟，上面的每個名字好像都跟所屬的記事區串成有意思的名稱。

像是學弟的「凱宏就快畢不了業了」、「秀湘想你的心亂跳」、「明治不是日本那個天皇」、「禹芳我不是女的啦」等等。

在這些有趣的名稱串裡面，只有一個沒有冠名的，叫作「慢慢上鎖的心」，我移動滑鼠按了下去，音樂隨之變化，我的心情也開始變化。

Miss you, right here, across the Pacific

After more than a ten hours flight, I arrived Seattle at midnight; though I was never willing to come back here.

It seemed like an endless road from airport to home. The driver who picked me up tonight, Morris, was sent by my father. I remember him, he was the same guy who drove me to leave Seattle five years ago. That time, I was leaving for an exam in Taiwan.

Passing through the drizzly streets, splatters spread within the silent car. Seattle still liked to cry, especially in this deep lonely night. Wipers wiped away the raindrops, but how was I supposed to wipe my tears away?

I missed you so much, tzu shey, at this moment, in this city.

By milk who misses coffee

橫越太平洋的思念

十多個小時的飛行，入境後已經是深夜了，我回到了不想回到的地方。

從機場到家裡的路，原來這麼漫長，爸爸派來的司機，還是五年前的Morris，我剛要到台灣考大學的時候，也是他載我到機場的。

寧靜的車子裡，偶爾聽到一些擦擦聲，那是車子開過水窪，濺起了水花。西雅圖還是那麼喜歡哭泣，尤其是在這麼深的夜裡，雨刷可以拭去擋風玻璃的雨滴，那我該用什麼來拭去我臉上的淚滴呢？

我好想你，子學，這一刻，這城市裡。

By 想念咖啡的牛奶

Unused to……

Waked up in the early morning, the temperature was 62°F. I was unused to it.

Mom called Jane to prepare the cereal for me. I was unused to it.

Driving to the downtown to buy new CDs, the clerks said that they didn't know who was Tanya Tzi. I was unused to it.

When I drove to the Fremont Bridge, it was hanged up to let the ships passing through. I was unused to it.

The Indian restaurant and the lunch without chopsticks. I was unused to it.

Dad talked to me in English. I was unused to it.

Typing in English, writing down my feeling in English. I was unused to it.

It was July, the temperature shouldn't be 62°F, it shouldn't be this cold. I missed Taiwan.

I didn't like cereal, breakfast should be a rice ball, it should be omelet with ham, and it should have coffee milk. I missed Taiwan.

The clerks in the record store should know Tanya Tzi, they should know Jay Chow, and they should play more Chinese CDs. I missed Taiwan.

The bridge shouldn't be hanged up. It's so different from Taiwan. I missed Taiwan.

People should use chopsticks to have meals, there should be a simple restaurant without Indian setting. I missed Taiwan.

People talked to me in English, why couldn't they speak Chinese? I missed Taiwan.

There should be Chinese character in my computer, I should type in Chinese, and my feeling should be written down in Chinese. I missed Taiwan.

I was unused to this city, I was unused to the temperature and the scene here. I was unused to miss Taiwan so much, I was unused to miss you so deeply.

By milk who misses coffee

譯

不習慣

一早起床，床頭的溫度計顯示著62°F，我不習慣。

媽媽叫 Jane 準備給我的麥片牛奶，我不習慣。

開著媽媽的車子到市區去買新唱片，店員說不知道誰是蔡健雅，我不習慣。

經過 Fremont Bridge 時，橋折起讓 Lake Union 的大船通過，我不習慣。

充滿了印地安風味裝潢的餐廳，還有不用筷子的午餐，我不習慣。

在家，爸爸用英文跟我說話，我不習慣。

只有英文輸入的電腦，用英文寫的心情記事，我不習慣。

因為這是七月，七月的早晨不應該是62°F，不應該是華氏溫度，也不應該這麼冷。

這城市

我想念台灣。
因為我不喜歡麥片牛奶，早餐應該是飯糰，應該是火腿蛋餅，應該有咖啡牛奶。
我想念台灣。
唱片行的店員應該要知道蔡健雅，應該要知道周杰倫，應該要多放些中文CD。
我想念台灣。
橋不應該可以折起來，讓底下的大船通過，台灣的橋不會折起來，底下不會有大船。
我想念台灣。
應該要用筷子吃飯，應該只是簡單的餐館，應該不會有印地安的味道。
我想念台灣。
我周遭的人都跟我說英文，為什麼他們不會說中文呢？
我想念台灣。
我的電腦應該是中文顯示，應該有中文輸入，我的心情記事應該用中文來寫的。

我想念台灣。

我不習慣這城市，我不習慣這裡的溫度和樣子。

我不習慣這麼想念台灣，我不習慣這麼想念你。

By 想念咖啡的牛奶

我不習慣這城市。

19

Hair gets longer

It rained today. The good weather lasted just for a few days, it rained again.

Dad asked me to visit the client with him. He said that I should take a look at the place because it was the best uptown in Seattle.

"That is the shore of the Washington Lake. Bill Gates has a house there too." dad said.

Dad parked the car beside the dock. The Washington Lake was so big that it looked like an ocean. Those big houses surrounded it looked like castles. It was hard to believe that thirty percent of those houses and their interior setting were designed by dad. Dad had an appointment with a Canadian businessman, who was a banker. Like the hosts of these big houses, he asked dad for the house design. It was my first time to work with dad, and I felt so different.

On the way home, dad said that he didn't want to decide my future for me.

However, if I was interested in architecture and design, he was willing to let me work with him.

I gazed at my reflection in the car window. I realized my hair was getting longer.

It was a substantial day, though it rained all along.

Somehow I felt relaxed, but at the same time, I started thinking of you.

By milk who misses coffee

譯

頭髮長了

又下雨了，難得連續了好幾天的好天氣，今天又下雨了。

爸爸心血來潮似的，要我陪他到客戶那兒一趟，他說我該看看，那是全西雅圖最高級的住宅區。

「那裡是華盛頓湖畔，比爾蓋茲也有棟房子在那裡呢。」爸爸說。

爸爸把車子停在湖畔的船屋旁，華盛頓湖大得像一片海洋，這裡的房子也都大得像城堡一樣。我幾乎不敢相信，這些像城堡的房子還有室內的設計，有三成是我爸爸的作品。今天約爸爸見面的是個加拿大籍的商人，聽說他是個銀行家。

他跟這些房子的主人一樣，向爸爸要了一張城堡設計圖，我第一次跟著爸爸一起工作，感覺是新鮮的。

回家的路上，爸爸說他不想替我規畫我的未來，但如果我對建築和室內設計有興趣，他很願意讓我到公司去上班。

我從車窗的反射中看著自己，頭髮好像長長了些。

難得今天是充實的一天，雨卻也下了一天。

難得心情輕鬆了一天，卻在這時想起你。

By 想念咖啡的牛奶

Job

My first job took place in my family business.

I began to take dad's car to work at nine o'clock every morning and I began to learn his work. I really had no idea that he was such a busy man even in an off-seasons like July and August, he still had 14 projects to complete.

Everyday I worked on those interior designs, looked at those young designers followed after dad. Sometimes they even argued over the material of a door.

I often saw Mike talk on phone as he drew. I saw Lily take designs on one hand and hold a pack of Korean noodles on the other hand but never had a chance to eat it. I saw Jeff take aspirin every day in order to be able to communicate with clients. I even heard Sanica talk on the cell phone about the progress with clients while she was in the washroom.

So, to work was to forget whom I was and who was on my mind.

I should find time to buy Chinese software. I didn't like to tell English about my feelings.

By milk who misses coffee

譯

工作

我的第一份工作，是我的家族企業。

我開始每天早上九點搭爸爸的車子到公司，開始學習他的工作。我真的不知道他竟然是這麼忙的，就連七、八月這樣的淡季，他都必須一個月完成十四個以上的 Case。

我每天看著那些室內設計圖，看著那些年輕的設計師跟著爸爸的腳步在衝刺，他們有時為了一個門的材質，都可能會吵到面紅耳赤。

我常看見 Mike 一邊講電話一邊畫圖，我常看見 Lily 一手是設計圖，一手拿著韓國盒裝麵卻忘了吃，我常看見 Jeff 為了跟建商溝通，每天都在吃阿斯匹林，我甚至在洗手間裡，聽見 Sanica 一面上廁所，一面用手機向客戶報告設計進度。

原來上班的感覺，就是暫時忘了心裡的那個自己是誰，也忘了心裡在想的人是誰。

我該找個時間去買個中文輸入軟體，我不喜歡告訴英文我的心情。

By 想念咖啡的牛奶

Your September

Unconsciously, September came.

I knew you were going to be so busy in this month—studying, taking exams and preparing for your birthday.

I wonder would anybody celebrate your birthday when it came? When I asked myself this question I really wanted to take a plane to Taiwan and presented myself as a birthday gift for you.

Mom took me to the church today. After I went back to Taiwan for studying, I have not gone to church for many years. Sister Marcy was happy to see me. She touched my face and said I had a rosy complexion and became more beautiful. I just smiled.

God was nearsighted and so was his messenger. Couldn't she really see that I was haggard because of lovesick?

When I walked out of the church, a cold wind blew over my face and I felt so cold. This city's September was similar to Taiwan's winter.

Your September caused my lovesick.

And did you miss me in my November?

My birthday was on November 18th, did you still remember? If I said, I wish my birthday present was being your girl friend just for one day, would you make my dream come true?

By milk who misses coffee

譯

你的九月

不知不覺的，九月到了。

這個月你好忙呢，要念書，要考試，還有你的生日。今年有人替你慶生嗎？有嗎？

當我這麼問自己的時候，我就好想坐上飛機飛到台灣去，然後把我自己當作生日禮物送給你。

今天媽媽帶我去了教堂，自從到台灣念書之後，我已經好幾年沒有進教堂了。瑪西修女看見我很高興，摸著我的臉說我氣色很好，而且變漂亮了，我只是笑一笑。

原來上帝是個大近視，上帝的使者也是個大近視，難道她沒能看出來，因為思念的緣故，我其實是憔悴的嗎？

走出教堂的時候，一陣冷風拂上我的臉，感覺好冷。

這城市的九月，已經像是台灣的冬天了。

在這屬於你的九月裡，特別引起我的思念。

而在屬於我的十一月裡，你會特別想念我嗎？

我的生日是十一月十八日，你還記得嗎？如果我希望我的生日禮物，是能當你一天的女朋友，你願意嗎？

By 想念咖啡的牛奶

A city of coffeeholic

I walked into a bookstore in the China Town. I picked up a Chinese magazine and browsed it freely. There was an article said that Seattle was a city of coffeeholic. It made me smiled. I have the same impression of this city. When I put down that magazine, the smell of coffee spreaded all over the room then it surrounded me.

Ah, that was the same flavor I smelled in the office almost every day. On each street of downtown, there was a coffee shop in every corner. It seemed that without coffee, Seattle would lost its soul.

It had been about two months since I started to work. Dad said that my performance was pretty good therefore I may take care of more professional stuff next year. I didn't quite understand what professional stuff was about, but I guessed

I would become like Sanica, a girl who took cell phone to everywhere, even in washroom.
Now I started to drink at least three cups of coffee a day, just like Mike and Lily.
Since taking drugs was illegal, coffee would be a good substitute. It helped to paralyze my feeling, and kept my heart from thinking of you.
I lived in a city of coffeeholic, and coffee was the soul of the city.
And you lived in my heart.
If I was a city, were you the soul of me?

By milk who misses coffee

譯

酗咖啡的城市

在中國城逛書店的時候，隨手翻了翻一本中文雜誌，裡面說西雅圖是個酗咖啡的城市，我笑了，心裡認同得很，才放下那本雜誌，一陣咖啡香就撲鼻而來。

啊，在辦公室裡，我幾乎每天都在聞這樣的味道。而在市區的每一條街道裡，三步五尺就有一家咖啡廳，好像沒有了咖啡的西雅圖，就沒有了城市的靈魂。

開始工作到現在，也已經兩個多月了，爸爸說我的表現很穩定，大概明年就可以開始學習更深入的東西了。我不明白什麼是更深入的東西，但我想明年開始，我可能會像 Sanica 一樣，連上個洗手間都必須帶著手機吧。

所以，我開始學 Mike 跟 Lily，每天至少三杯咖啡。他們說既然吸毒是犯法的，那就讓自己喝咖啡喝到中毒吧。

我住在酗咖啡的城市裡，咖啡是這城市的靈魂。

而你住在我心裡，若我是一座城市，那麼我的靈魂，是不是你？

By 想念咖啡的牛奶

20 領悟

終於買回來了，我的中文輸入軟體，看見自己的電腦可以打出中文，我莫名地興奮。我終於可以用我喜歡的語言來跟自己對話，這樣的感覺很真。

九月三十日那天晚上，我孤單地獨坐桌前，看著秒針一步一步地繞圈圈，看著分針跳過十二點。啊，十月了，屬於你的九月過去了，失落感像一陣突來的滂沱大雨一樣，淋過我的全身。

我下意識地摸了摸我的衣服，衣服沒濕，但失落感依然讓我感到寒冷。

我恨這樣的思念，因為思念讓我變得憂鬱，早晨浴室的鏡子裡，我看不見我的笑容，我的眼睛失去了神氣。

終於，我領悟了。思念變成了我的空氣，不思念你，我便無法呼吸。

這領悟好孤單，我該說給誰聽？

所以，我只好把它放在這裡，一個你永遠都不會看見的地方。

你也永遠都不會知道，一個簡單的網址背後，有著這麼多想跟你說的心情。

「卻有種叫作時間的東西，說沒問題，最後我們會痊癒。」

我把音量開到十一，孫燕姿的歌聲融化在空氣裡。

如果時間真能讓我痊癒，是不是也會讓我忘記，你？

By想念咖啡的牛奶

看到這裡，我幾乎快不能呼吸，坐在房間的角落裡，有一種想掉幾滴眼淚平撫心情的衝動，但我就是哭不出來。

我移動著滑鼠，按了左鍵回到網站目錄，上面放了檔案夾，還有一些附屬站的連結。

我打開了其中一個檔案夾，這個檔案夾的名字是「我在你的世界裡」。

照片一張一張地開啟，每一張照片下面都有清楚的附註。

照片一：這是大二時住的宿舍，五G是我，五F是你。

照片二：這是宿舍對面的洗衣店，照片裡的這台洗衣機，你曾經把內褲忘在裡面。

照片三：我們第一次約會見面的地方，玫瑰唱片。

照片四：這是我們的麥當勞，還有你跟他說話的麥當勞叔叔。

照片五：華納威秀，我們第一次，也是最後一次去看電影的地方。

照片六：陽明山，我們的第一次獅子座流星雨。第一次抱你，到現在感覺還是好清晰。

照片七：基隆廟口的營養三明治。只是你不在，就好像沒那麼好吃了。

照片八：基隆，名叫離別的碼頭。這個碼頭本來是我用來等另一個人的，但現在全是你的回憶。

照片九：這是你的翠風郡，你的B棟11樓，你的信箱。還好管理員看過我，願意讓我進去送信。

照片十：高雄國際機場，這是我第一次到高雄。

照片十一：高雄的街道，陽光愜意，感覺比台北輕鬆許多。

照片十二：原來這就是高雄的黑輪，好特別的東西，你一定常吃吧。

照片十三：高雄市立文化中心，我在這裡待了好久。

照片十四：那個拿面紙給我擦眼淚的可愛小男孩，很像你。

照片十五：離開台灣的那一天，在B棟11樓的外面，你看不見我的哭泣。

終於，我的眼淚無聲地掉了下來。

原來，這是藝君的……生命的痕跡。

原來，這是藝君的……生命的痕跡。

21

皓廷要帶睿華到紐西蘭的前一天，我跟阿居就已經到了皓廷的雲林老家，等著替他送機，古坑果然跟皓廷所說的一樣，鄉土人情的味道很濃，鄰居跟鄰居之間的感情與連繫都很熱絡。

這天晚上，皓廷帶著手電筒，拿著幾瓶啤酒，說要帶我跟阿居到他小時候常抓蝌蚪的那條小溪去走走，他說十月的溪邊，晚風吹拂，會有那麼一剎那，覺得自己好像不在人間，像在天堂那麼輕愜。

當我跟阿居都聽得入神，並且開始幻想的時候，他要我們換上長褲，因為溪邊的田裡可能有蛇。

我們到了溪邊，找了個比較平坦的地方坐了下來，啪啦啪啦地打開啤酒，邊喝邊聊天。

這是一條安靜的小溪，你看得見溪水的流動，卻不太能聽見水的聲音，因為沒有光害的關係，月明星稀，天空很乾淨。

「你們都把畢業證書交出去了？」皓廷說。

「是啊，前幾天交的。」

「怕不怕會抽到金馬獎呢？」皓廷又問。

「不是怕不怕的問題，抽到了還不是得去？」我很無奈地回答。

「抽到就抽到，在哪當不都一樣是一年十個月？」顯然阿居在說這句話的時候，並不知道他會被驗退。

「皓廷，我有個問題想問你。」喝了口啤酒，我轉頭看著他。「為什麼我明明知道我喜歡誰，卻又一直忘不掉另一個人呢？」

皓廷聽完，看了阿居一眼，兩人有默契地笑了起來。

「幹嘛？你們兩個人是怎樣？這問題很好笑嗎？」

「其實，我們還以為你永遠都不會問呢。」皓廷說。

「什麼意思？」我不得其解。

「意思就是，我們都認為你應該是個了解自己的人，但你跟艾莉之間的進度，還有藝君的事情，讓我們得到了一個答案。」

「答案？什麼答案？」

「你了解你自己，卻不了解愛情。」皓廷說，拍著我的肩膀，阿居則在旁邊附和。

突然，我陷入一陣迷思。

「想一想，你跟艾莉是不是一直以來都差那麼臨門一腳？」

「……嗯。」

「再想一想，你對藝君是不是很難放得下？」

「……嗯。」

「所以，你是喜歡艾莉的？」

「對。」

「但你又對藝君不忍心，捨不得？」

「是。」

像是考前的重點整理一樣，皓廷一層一層地替我解答。

「這就對了，」皓廷說，他自信地笑著，「我或許也不是個了解愛情的人，但請你相信，」話說到一半，他站了起來，伸了伸手，然後說出我一直以來都無法突破的迷思。「愛情永遠只有三種情形。第一，你喜歡她，她喜歡你。第二，你喜歡她，她不喜歡你。第三，你不喜歡她，她喜歡你。」

「嗯，我懂。」我點點頭。

「但要有愛情的結果，永遠只有第一種才可以成立，你知道為什麼嗎？」

「為什麼？」

「因為只要不是相愛的，就不能叫作愛情。因為相愛這件事是何等地困難，能相愛又是何等地美麗，連上帝都臉紅心跳啊！」

聽完，我有些不能呼吸，但皓廷沒有停下來，他又再強調一次。

「所以，你是喜歡艾莉的？」

「對。」我回答。

「但你又對藝君不忍心，捨不得？」

「對。」

「這確定了藝君喜歡你，對吧。」

「對。」

「但你可曾想過，去證實艾莉是否喜歡你呢？」

這……我確實沒去想過。

「所以你跟藝君之間，符合了第三種情形，當然那是一種愛情，但那不會有愛情的結果。」

「而我跟艾莉之間，符合了第二種情形，這也是一種愛情，所以……」

「所以你該努力把它變成第一種。」阿居笑著替我把話接下去。

「可是……」我還是疑惑著，「為什麼我還是放不下藝君呢？我還是很在乎她。」

「因為你是個善良的人。」皓廷說。

「善良的人？」

「你在乎艾莉，是因為你喜歡她，但你在乎藝君，是因為你不忍心看她難過。」

「嗯……」

「所以，你對艾莉的在乎是因為愛情，而你對藝君的在乎是因為善良的人性。」

好像，這就是我需要的答案了，我有種安心的感覺，卻隱隱地感覺到那麼一點痛。

我想起藝君的網站裡，那麼多那麼多令她心碎的話語，幾乎每個字都讓我揪著心讀到心坎裡，我強烈地感覺到很深很深的內疚。

就因為這麼深的內疚，有時候我會想，如果可以有兩個我，那麼我就可以讓艾莉得到幸福，也讓藝君快樂，我不需要因為喜歡人而苦惱，也不需要因為被喜歡而內疚。

但是，我終究不能變出兩個我，所以終究要有一個人受傷。

隔天，皓廷臨登機前，像是老師一樣地叮囑著他的期盼：「希望我十天後回來，可以看見你牽著艾莉的手，跟我們一起吃飯。」

皓廷，謝謝你，謝謝你給我這幸福的期盼。

只是，對不起，我並沒有做到。

因為我鼓起勇氣寄了封 mail 給藝君，而她的回應，讓我幾乎失去了艾莉。

失去，或許是愛情裡最可怕的字眼了。

一確一定一

我答應了 Jerry 的邀約，陪他一起去 San Francisco 參加他的首演，
不敢相信，他竟然是個小提琴手，看他傻里傻氣的。
當初在 Mr. Banson 的墨西哥餐廳裡遇見他的時候，
只覺得他是個普通男孩子，感覺比不上你的特別呢。
就快要二月了，距離決定忘了你的日子，還有三十天。
這是我回到西雅圖之後的決定，從十一月十八號那天開始計時一百天，
我要忘了你。

你有沒有曾經想過要忘記一個人呢？

如果有，那麼我想，那個人一定是你很愛很愛，卻無法相愛的吧。

你是不是跟我有一樣的想法呢？

如果是，那麼請你倒數計時，忘了我，

因為這樣，我至少可以知道，你也曾經很愛很愛我。

子學，親愛的你，

這份思念只剩下三十天的保存期限了，我終於就快要放下這沉重的思念，

可是，為什麼，我卻是感到難過的呢？

By 想念咖啡的牛奶

22

離開成功嶺那天，還是好冷好冷。

兩天前我抽到了位在南部的部隊，叫作什麼四三砲指部的，因為部隊會派車子來接我們，所以我們又在成功嶺多待了兩天，很無聊的兩天。

我不斷地感覺我的生命在流失，我的時間在浪費。

這兩天，許多同梯弟兄接連被所屬部隊一批批帶走，抽到金門的，就被送到高雄的壽山基地等待往金門的船，抽到馬祖的，就被送到基隆等那鼎鼎大名的臺馬輪。

我想，他們的感覺一定跟我一樣，覺得生命在流失，時間在浪費吧。

兩天的時間，除了睡覺以外，不斷地有人被帶走，有些比較善感的弟兄，在連集合場上就哭起來了，說著他不想離開成功嶺，說著他不想離開這一批同梯的弟兄。

因為在這樣的環境裡，你看不見未來，像是叫你蒙上眼睛走路，如果掉進坑裡還得自己爬起來。

因為你不明白將來的一年八個月必須在哪個環境裡度過，又會遇上什麼樣的人，許多的不安全感油然而生，「茫然」是你唯一的感受。

終於，兩天之後，接我們的長官到了，這時連上的弟兄所剩無幾。當你拿著自己的行李站在連集合場上的時候，那些尚未被帶走的弟兄看著你的眼神，都像在問著：「啊，你們也要走了？哪裡是你們的目的地呢？」

新兵分發，就像是拿著一桶彈珠，站在高台上往地下倒，彈珠會散落到四處，你不會知道那些彈珠到底跳到哪裡了。

我是其中一顆彈珠，跳到了四三砲指部的本部連，卻不知道其他人跳到了哪裡。

經由爸爸的介紹，阿居去了一家事務所上班，可能是因為他天生就很寶的關係，事務所裡的人都很喜歡他，還替他在台北租了間房子，房租二分之一墊付。

二〇〇四年大剌剌地到了，全世界都知道二〇〇三年已經過去，但似乎沒有一個人懷念二〇〇三，只有我。

一天，我放假，阿居從台北飛到高雄來找我。

「好恐怖，我這輩子第一次搭飛機，」他驚了魂似地拍拍胸口說：「我壓根不知道飛機起飛跟降落的時候竟然是那樣地考驗人的心臟強度。」

「多搭幾次就習慣了。」我說。

「多搭幾次？那我可能要多找點工作，事務所的薪水雖然比以前打工的時候多很多，但也沒那麼好過。」

「很羨慕你不需要浪費時間在軍中。」

「這沒什麼好羨慕的，我覺得幾乎生命中的每一件事情都是被安排好的。」

「喔？」

「是啊，你這輩子會遇到誰，有什麼遭遇，發生什麼事情，又怎麼度過，都好像被安排好的一樣，只是這一切都發生在未來，所以你不知道。」

「阿居，你何時變得這麼宿命論了？」

「我其實一直是宿命論的，只是我曾經想叛逆地抵抗而已。」

「你還有到孤兒院去嗎？」

「廢話，那可是我的宿命啊。」

這天阿居請我到牛排館吃飯，他說他從不曾請我吃過一頓正常的，很過意不去。我問他什麼是正常的？又什麼是不正常的？他說正經吃的是正常的，不正經吃的是不正常的。

我沒聽懂，他卻反而哈哈大笑。他就是這麼個奇怪的人吧，很多答案不像答案的，他也都覺得那是答案。

就在我要收假的前幾個小時，我接到艾莉的電話。

「子學，我有件事情想問你。」她的聲音聽來很徬徨。

「什麼事？」

「我公司裡有個攝影，他從我進公司那天開始就不斷地約我，到現在我已經找不到理由拒絕了。」

「這……」像是胸口被揍了一拳一樣，我感覺到痛。

「你教我，我該怎麼跟他說？」

「呵呵……」我故作鎮定的，「妳就跟他說妳不想去就好了啊。」

「我知道，但是我用了千百種理由了，他就是不放棄啊。」

「哪些理由妳用過了？」

「像家裡有事啦，跟朋友約好啦，身體不舒服啦，甚至我還用過生理痛當理由。」

「妳不想跟他出去嗎？」

「當然不想啊，不然我何必苦惱這個呢？」

「那就說，妳男朋友在等妳好了。」

「啊……男朋友？」

「是啊，妳應該沒用過這個理由吧。」

「可是，全公司都知道我沒有……」

「那就明白點說妳已經有喜歡的人了。」

「……」

「這個理由最好，他識相的話也會自動放棄了，」我像是在捍衛什麼似的，「告訴他妳已經有喜歡的人了，他就不會再約妳了。」

「子學……」

「幹嘛？」

「你在生氣嗎？」

「我？哪有？我幹嘛生氣？」

「有，你在生氣。」

「沒啊，我沒有在生氣啊，不然妳倒是說說看，我在生什麼氣？」

「我問你一個問題，好嗎？」

「妳說啊。」

「如果我跟他出去了，你會不會生氣？」

我有種呼吸道被掐住的感覺，說不出話。

掐住我的呼吸道的，是一段回憶，發生在去年。

去年，那美麗的一天。

23

藝君：

驚訝嗎？我想妳應該是驚訝的吧，因為連我都是驚訝的，我竟然有勇氣寫信給妳？

妳在西雅圖好嗎？我在台灣很好。

前兩個星期，我收到了兵單，再過幾天，我就要去當兵了，很多學長跟我說，冬天入伍比夏天入伍來得輕鬆一點，因為被操的時候，至少不會滿身大汗，吃飯的時候，也至少不會聞到許多人的汗臭味。

妳知道成功嶺嗎？那裡是我開始面對軍旅生活的第一站，成功嶺在台中，那可能又是一個妳全然陌生的地方了吧。

我想問妳，我們還是朋友嗎？

我以為我們至少還會在畢業那天見個面，我沒想到妳竟然離開得那麼快。我託了跟妳同系的學弟幫我問問可以聯絡上妳的方法，但在幾個月前，是完全沒有音訊的。

直到學弟給了我妳的 E-mail。

我們還是朋友嗎？我想跟妳說，我希望是。

今天的西雅圖還是下雨的嗎？還是晴天呢？

子學二〇〇三年十一月十四日

信寄出去之後的隔天，那是個星期六，本來艾莉還很開心地打電話給我，邀我下午三點一起去看電影，但就在一點鐘的時候，她又打了通電話來。

「子學，對不起，公司又要我到桃園的龍潭賽車場去採訪，今天的電影，可能要挪到下次了。」

「沒關係的，妳的工作要緊。」

「可是我很想跟你去看電影。」

「電影還有機會看啊。」

「可是你二十號就要入伍了，機會就愈來愈少了。」

「我還會放假啊。」

「你一點都不會覺得遺憾嗎？我們還沒有單獨去看過電影呢。」

「遺憾兩個字太沉重了，我只覺得可惜。」

她似乎愣了一下，約莫過了幾秒鐘，「子學……」

「嗯？」

「我在想你。」

話才說完，她就掛了電話。

現在換我愣住了，拿著手機站在路邊，我想那看起來一定很呆吧。

皓廷從紐西蘭回來之後，一直打電話約我跟阿居一起吃飯，他要拿禮物給我們，但因為阿居還在 7-11 幫忙，他的店長說就算幫到當兵前一天也得幫（被拗假的），再加上我不常在台北，所以一直拖到了我跟阿居入伍前四天，我們才有機會一起吃飯。

「怎麼這樣？」皓廷一見到我就打了我一下。

「怎樣？」我不太理解地問著。

「你還敢問怎樣？你的艾莉呢？我不是說要看見你牽著她的手一起吃飯的嗎？」

「啊咧，這不是說ＯＫ就ＯＫ的好嗎？」

「意思就是你還沒告訴她？」

「告訴她什麼？」

皓廷聽完，看了阿居一眼，然後兩個人同時搖頭。

一旁的睿華也笑了起來，在場的四個人好像只有我不了解狀況一樣。

「告訴她，你喜歡她，告訴她，你想跟她在一起。」

「哪有那麼容易說啊！」我耳根有點熱。

「也沒那麼難說喔。」阿居在一旁幫腔了。

「耶？水泮居，別說得那麼瀟灑，你還不是沒告訴水或姑娘。」我不服氣地把阿居也拖下水。

「耶？那你想想，或子是別人的未婚妻耶，艾莉是別人的未婚妻嗎？」

「哎呀，子學，真的啦，說這兩句話很難我知道，但你要想想，難是因為你過不了自己心裡那一關，可不是因為這兩句話難說，而且啊……」皓廷眼神一變，認真了起來，「你要想一想，說不定艾莉早就在等你說了。」

吃完飯，我趕上了末班飛機回高雄，阿居則繼續回到 7-11 幫忙，他真的被那個店長拗假的，善良過頭的關係。

在機場等飛機的時候，艾莉打電話來。

「子學，你要回去了嗎？」

「嗯，是啊。」

「還有四天，對不對。」

我知道她在說距離入伍的時間，我嗯了一聲。

「那，我在這四天裡面排假去高雄找你，好嗎？」

「好啊，等妳排好假之後，再打電話告訴我。」

「嗯，我明天就跟你說。」

「艾莉……」

「嗯？」

「我……」

「怎麼了？」

「我想跟妳說……是皓廷要我跟妳說的。」

「皓廷？很久沒看見他了，他要你跟我說什麼？」

「他要我跟妳說……」

「嗯？」

「他要我跟妳說，他去紐西蘭有買要給妳的禮物，改天拿給妳。」

回到高雄後的隔天，我收到了藝君的回信。

就因為這一封回信，讓我幾乎失去了艾莉。

子學：

我好驚訝，好幾天沒有收信的 mailbox 裡，竟然躺著一封你的來信，像是久旱的沙漠突來一場大雨，我想念你的心終於得到了灌溉。

回到西雅圖之後，我便很少笑了，你曾經說過你喜歡有笑容的女孩，但你知道嗎？有些女孩要展現笑容，是需要遇見自己心愉的事，或是看見自己心愉的人的，而你在太平洋的那一邊，我在這裡只能背著重重的思念，你要我怎麼笑呢？

你問我，我們還是不是朋友？這個問題如果是十年之後問我，我可能會說是吧，因為那時候我可能已經是 Mrs.〇〇〇，或是 Mrs.×××，就算我喜歡你的心可以維持十年，到那時我也已經是別人的妻子，我也只能把你當作朋友了。

但現在，我只能說抱歉，我還不能把你當朋友，因為我依然愛你。

這或許就是天蠍座的特性吧，只要還有愛存在，就很難把對方當作朋友的。

你還記得我的生日嗎？再過兩天就是我的生日了，如果你依然是那杯咖啡，能不能讓我當你一天的牛奶呢？

我只需要這一天，我真的只需要這一天。

台灣時間十一月十八日的上午九點，我會在那難忘的高雄市文化中心門口等你，雖然不知道你會不會來，我還是會等。

你知道嗎？

現在西雅圖是下午兩點半，天氣放晴了。或許上帝知道我等等就要搭上往台灣的飛機，也在替我高興吧。

By 想你的藝君

然後，很快的，十一月十八日到了。

藝君站在文化中心的大門口，靜靜的，若不是風吹拂著她的裙襬，我會以為我看見的，是一座天使的雕像。

這又是另一個註定嗎？

24

在赴約之前，我是拿不定主意的。

我一直在「該不該去」這個問題上猶豫著，皓廷的話讓我明白了我是喜歡艾莉的，但從另一個方向來看，卻也讓我更清楚我對藝君的感情，其實是一種不忍心。

我像是站在一個T字路口，向右轉是喜歡，向左轉是不忍心，這一年半以來，我從來沒有移動過，我知道我想要向右轉，但我總在意著左轉後會遇見的那個人。

一直到約定日的前一天晚上，我坐在家裡的沙發上，「該不該去」的問題繼續困擾著我，電話響了，打來的竟然是許多年不見的那些國中好友。

「子學，我們一起去吃個飯吧。」電話的那一邊是邱志融，他的旁邊則是肉腳、江泓儒、周石和還有簡大便的聲音。

邱志融說要去吃義大利麵，約在一家咖啡館，叫作橙色九月。他說這家咖啡館的服務生都超漂亮，要我們一定得去看一看。

我們到了之後，服務生送上Menu。

「果然都是美女，邱志融不愧是台灣美食與遊樂的地圖。」肉腳靠到邱志融旁邊，小聲地說著。

「廢話，我怎麼可能選一家鳥餐館來砸了自己的招牌？」

「你常來？」周石和湊上前問。

「廢話，不然我怎麼知道服務生都很正？」

「這裡只有服務生正嗎？」簡大便說。

「不不不，這裡的義大利麵也好吃，咖啡也很棒，尤其是曼特寧。」

他們討論了一會兒關於這家咖啡館的事，一會兒說外場的那個服務生超有氣質，一會兒說吧台的女孩子超正點，直到服務生來詢問能否點餐，他們才認真地看Menu。

點完餐之後，江泓儒轉頭問我：「子學，你好像有心事？」

「我？呵呵……」我笑了一笑，「沒什麼，只是有些煩惱。」

「是不是在煩要去當兵的事？」簡大便問。

「不是。」

「哎唷，你們很笨耶，」江泓儒說：「你看他眉心愁鎖，心事寫滿了臉孔，一定是為了女孩子的事啦！」

「哎呀，你怎麼知道？」肉腳懷疑地問著。

「開玩笑，我最近研究起了相學，還看了易經，離神的境界是愈來愈近了。」

「是啦是啦，神啦，好神啦。」大家開始揶揄他。

「沒關係，我的子民們，你們不相信我是神，我可以了解，我會原諒你們的。」然後江泓儒又開始自詡為神地自戀起來，大家都沒興趣聽，轉頭問我。

「你真的為女孩子的事情在煩惱嗎？」

「很不幸的，被江泓儒說中了。」我無奈地說。

「你看看，你看看，還不快叫我一聲神，看到神還不膜拜？」江泓儒站了起來，一副準備接受膜拜的表情。

「閉嘴，神經病。」周石和說。

我把艾莉跟藝君的事情大致說了一次給他們聽，然後喝了一口水。

「所以，明天早上九點，她會在文化中心等你？」邱志融問。

「是啊。」

「那你想去嗎？」

「我不知道。」

「我覺得，你可以去，說不定你跟她之間就會有不一樣的發展。」簡大便像是在提出什麼論證地說著，「既然你已經一年半的時間不知道該向左轉或是向右轉，現在有個機會，走走看，說不定答案會浮出來。」

「幹嘛去？感覺像是被強姦的一樣。」周石和有些不平地說著。

「你扯到強姦幹嘛？」肉腳說。

「你們不覺得嗎？寫了一封信就要別人赴約，不去又讓人覺得很沒感情，還說不管子學會不會去，她都一定會等，擺明柔性強迫嘛，這不是強姦是什麼？」

「有那麼嚴重嗎？」簡大便笑著說，他覺得周石和反應過度了。

「沒有嗎？這根本就是柔性強迫啊。」

「可是你們要想想，」邱志融摸摸鼻子，「如果你們是那個女孩，你有那麼深的心情，藏在心底那麼久的時間，難保你們不會跟她一樣提出這樣的要求啊。」

「我想，問題還是在子學身上。」江泓儒說。

「我？」

「嗯，江泓儒說得對，如果你不做出一個決定，你等於是讓這個叫藝君的女孩子等你一天，也讓那個叫艾莉的女孩子等你做出決定，而且時間無限期地往後延。」

大概是當過交換學生的關係，簡大便說話很重點。

「哇哈哈哈，我也是這麼想的，我果然是神。」江泓儒說。

「閉嘴，神經病。」周石和說。

「別讓兩個女孩子都等你，子學。」簡大便拍拍我的肩膀。

「嗯，我知道該怎麼辦了。」我點點頭。

這時服務生送上了餐前湯還有麵包，大家又討論起橙色九月咖啡館的美女。

「聽說這間店是一個網路寫手開的。」拿了一塊麵包，邱志融說。

「網路寫手？誰啊？」簡大便好奇地問。

「好像叫什麼樹的。」

「村上春樹？」肉腳說。

「村你媽個B！你這個迷路大王，連腦袋瓜也迷路了是吧？」江泓儒調侃了肉腳一頓，「是藤井樹啦。」

「哇，你怎麼知道？」

「開玩笑，我可是神啊，我親愛的子民們。」他又來了。

「閉嘴，神經病。」周石和又說。

藤井樹？這好像是我跟藝君在基隆的書店裡看見的名字。原來是那個小頭銳面的日本人啊。

拜託，藤井樹是台灣人，請不要再錯以為了。

但重點不是他，而是明天將在文化中心門口等我的她。

25

簡大便說得對，既然不知道該向左轉還是向右轉，現在有機會了，我就應該走走看，因為答案是要走了之後才知道的。

她看見我的時候，是沒有表情的，大概過了幾秒鐘吧，她咧嘴而笑，那雙有點陌生的大眼睛也瞇了起來。

近半年不見，藝君留長了頭髮，直到肩下，絲絲欲觸的劉海稍稍遮蓋了她秀滶盈長的眉毛，如果這是我第一次看見她，這樣的美麗我可能會看到發呆。

有那麼一瞬間，我以為我認錯人了。

「嗨。」我半帶笑意地打了聲招呼，招呼聲中有朋友疏離陌生的味道。

「嗨，Long time no see.」她笑著說。

「嗯……是啊。」我似乎在意著自己這一刻的呆傻，也笑了出來，「Long time no see.」

有些驚訝，她竟然是如此自然的。

「我好怕你不會來。」

「我也不知道我會來。」

「我是不是造成你的困擾了?」

「不不，不會，只是事出突然，我……」

「對不起，原諒我這麼任性。」

「別這麼說。」

「你剛才的眼神，好像以為自己認錯人似的。」

「我確實有那麼一下子覺得自己認錯人了。」

「為什麼?因為我留長了頭髮嗎?」

「不，因為妳的美麗。」

這大概是她意料之外的答案吧，她的眼睛亮了一下，「子學，」她說:「還不到半年的時間，你變得會說話了。」

「真的嗎?我不覺得。」

「自己是不會感覺到自己的改變的。」

「那，妳有變嗎?」

「我也不知道我哪裡變了，但有一點我可以確定絕對沒變的。」

「哪一點?」

「我依然喜歡你。」她把手背在身後，稍微歪著頭跟我說。

我有些不知該如何反應，只是傻笑。

「放輕鬆點，子學。」

「喔。嗯……連我在不知所措都被妳看出來了。」

「是你的不知所措幾乎寫在臉上了。」

「喔？有這麼明顯嗎？」

「我們有這麼陌生嗎？」

突然間，我回答不出任何一句話。

「笑一笑，給我一個笑容，如果你不認為我們有這麼陌生的話，給我一個笑容。」

我看了她一眼，不知怎麼的，竟自然地笑了出來。

「謝謝。」

我搖搖頭，有一種被當小朋友哄的感覺，「不客氣。」我說。

「今天是我的生日。」

「嗯，我知道，生日快樂。」

「你有帶手機嗎？」

「有，妳要用嗎？」

她搖搖頭，「我想請你關機，可以嗎？」她笑了一笑。

「必須嗎？」

「不是必須，我是請求。」

我有些為難，但看著她的表情和眼睛，我又不知道該怎麼拒絕。

「你知道，你今天要當我一天的咖啡，而我要當你一天的牛奶嗎？」

「知道，所以，包括關機在內嗎？」

「嗯。」她點點頭。

「這是今天的規定嗎？」

「你希望還有明天嗎？」

「我……」

「我知道你會有這樣為難的反應，所以，我只要求今天。」

「看樣子，我是妳的生日禮物了。」

「是啊，捨不得送嗎？」

「不是捨不得，而是……」面對此時的掙扎，我找不出適合的形容詞。

「笑一笑，給我一個笑容，如果你不知道該用什麼表情答應我的話，給我一個笑容。」

我忍不住笑了出來，「妳真是……」我搖搖頭，拿她沒辦法地說著。

「你笑了，子學。」

我看著她，「是啊，我笑了。」

我從口袋裡拿出手機，按下電源鍵關機。

她向前靠近我一步，「謝謝你，我的生日禮物。」

她說，然後輕輕地抱住我。

我向左轉了。

26

我轉頭要去牽車的時候，藝君牽住了我的手，而且力道剛剛好，我可以感覺到她手心裡的溫暖與柔軟，我轉頭看了看她，她瞇著眼睛天真地笑說：「你的手好冰，今天可不冷呢。」

「喔，我也不知道為什麼手冰。」

「現在的西雅圖，應該只有四到六度吧。」她把頭靠在我的肩上，「如果你住在西雅圖，你一定會冷得直發抖。」

「所以還好，我並不住在西雅圖，而是溫暖的台灣。」

「沒關係，如果你去了西雅圖，我會給你溫暖的，像現在一樣。」

我聽出她話裡的意思，也從她眼裡看見她的暗示，但我只是看了她一眼，沒有回應，只是微笑。

坐上車之後，我遞了一頂安全帽給她。

「這是新的安全帽，對吧？」她雖然用問句結尾，卻聽不出問句的感覺，像是猜到我一定會替她準備新的安全帽一樣。

我點點頭，她又笑了一笑，接著說：「我就知道你一定會為我準備一頂新的安全帽的。」

「為什麼妳知道？」我好奇地問。

「因為我一直覺得你是個細心的人。」

我真的是個細心的人嗎？藝君。

如果是的話，為什麼我無法細心地面對妳和艾莉呢？是不是細心的人其實是不擅長處理感情的？還是這樣猶豫的性格其實是細心害的呢？

我沒有再多想，因為我知道以我現在的心情與處境，這些問題都沒有答案。

我上了車，發動了引擎，把車子牽下人行道。藝君上了車，我問她想去哪裡。

「我想去你的回憶。」她說。

「什麼？」我不明白地又問了一次。

「你的回憶，我想去你的回憶。」

我在後照鏡裡看見她堅定的表情和眼神，終於我明白了她的意思。

「文化中心也有我的回憶。」我指著文化中心裡面說。

「什麼樣的回憶呢？」

我輕催油門，慢慢離開，「小時候放風箏的回憶。」

我回想起在我們幼稚園畢業，尚未進小學那一年，水爸爸帶著我跟阿居到文化中心放風箏，那畫面還有片段非常模糊，只記得阿居的風箏飛得老高，我的風箏卻永遠在地上。

阿居說：「你笨嘛，誰叫你要買蝴蝶的！」他拉著風箏走到我旁邊，一副小大人的模樣，「你看，我買老鷹的，飛得那麼高。」

「蝴蝶也會飛啊。」我辯駁著。

「只有天才才可以把蝴蝶放到飛得很高。」

「你騙人，會比老鷹高嗎？」

「當然會，我是天才呢。」

「我不信，不然你放給我看。」

阿居要我拿著他的老鷹風箏，然後他接過我的蝴蝶，整理了一下線之後，就開始往前跑，不一會兒，蝴蝶就在老鷹上面了。

「看吧，我就說你不是天才。」他說。

「阿居是誰？為什麼他叫作阿居？」藝君好奇地問，她也覺得阿居很可愛。

「阿居是我從幼稚園到現在最好的朋友，他叫作水泮居，這是個很特別的名字，我們都叫他阿居。」

「水泮居？好特別的名字。」

「是啊，他說那是天才的名字。」藝君笑了。

「他好像真的很天才。」

「嗯，他真的很天才。」

遇上了一個紅燈，我停了下來。

「那你的幼稚園在哪裡呢？」

「在左營。」

「左營？我聽過這個地方。」

「我們第一個目的地，就是那個地方。」

到了左營之後，我們經過蓮池潭，蓮池潭裡有一座龍虎塔，藝君覺得好奇，要我停下車去看看。

我告訴她，我跟阿居曾經在這裡比賽踢磚塊，結果那個天才很順利地踢掉一整塊完整的磚塊，我卻踢掉了一片腳趾甲。

我帶著藝君慢慢地走，這裡已經跟我們小時候完全不一樣了，憑著印象走到那家老闆很小氣，只給小片芒果乾的雜貨店，卻發現那裡已經變成一家外送茶舖了。

「這家茶鋪在我們小時候是一家雜貨店，老闆的眼睛大得跟牛一樣，看起來很凶。」我說。

「呵呵呵。」

「為什麼笑呢？」

「你說他的眼睛大得跟牛一樣的時候，看起來好可愛，呵呵呵。」

我有點不好意思，別過頭去傻笑，就看見那個老闆，「就是那個老闆，」我悄悄地說：「他那牛一樣的眼睛已經被皺紋給蓋過去了。」

我們走出茶鋪那條小道，轉了幾個像是熟悉，感覺又不太對的小巷，看見了我小時候的家。

「爸爸跟媽媽在我高中的時候搬離了左營，」我轉頭向藝君介紹，「所以在高中之前，我是住在這裡的，現在已經變成家庭理髮了。」

「那阿居呢？他小時候住哪裡？」

「隔壁，」我向前指了指，「他就住在我家隔壁。」

我的視線一轉，看了一看當年阿居家的騎樓，「小時候，那個天才只要一被打，幾乎都會從家裡衝到這個騎樓來，但還是會被水媽媽抓回去。」

「那水爸爸跟水媽媽呢？他們還住在這裡嗎？」

「他們都過世了。」

聽到水爸爸跟水媽媽過世的事，藝君的表情沉了下來，「I am sorry.」她說，有很美國人的感覺。

「妳果然已經像是美國人了。」我眼睛看著前方，輕輕地說。

她停下腳步，看了我一眼，然後懂了似地笑了出來，「是啊，習慣了。」她說。

只是，那一瞬間，我似乎聽見她的眼睛在說話：「只是，我並不希望我是美國人啊……」

這就是生命，總有很多事情沒得選擇。

但就算有得選擇，也不一定是自己想要的選擇。

27

回到停車的地方，藝君問我為什麼要蓋這座龍虎塔？其實我也不知道為什麼，但我告訴她，龍虎塔應該由龍喉入，虎口出，因為龍喉才是入口，而虎口是出口。

「但很多人都從虎口入龍喉出，有避凶化吉的意思。」

「喔？真的？」她感到有趣地問：「真的有用嗎？」

「這我就不知道了。」

「那塔裡面有什麼呢？」

「裡面都是圖，龍塔裡畫的是二十四孝子圖，還有十殿閻王的審判罰刑圖，虎塔則是玉皇大帝三十六宮將圖，還有十二賢士。」

「二十四孝跟閻王我還知道，但是什麼是三十六宮將跟十二賢士呢？」

「哎呀，妳想考倒我嗎？」我抓抓頭髮。

「我考倒你了嗎？」藝君輕輕地笑了。

「差不多了。我只知道三十六宮將的其中一個是關羽，其他的我不認識。」

「那十二賢士呢？」

「這就真的考倒我了，」我尷尬地笑了笑，「我一個都不認識。」

「其實這裡比較有名的是春秋閣，就是那邊那兩幢像塔的建築，有一條龍盤踞在底下的。」我指著春秋閣說：「那裡本來只有春秋閣，沒有那條龍，是後來有個傳說，才會把龍蓋起來的。」

「什麼傳說？」

「春秋閣是紀念武聖關公，也就是三國時代的關羽，但傳說發生在民國三十八年，有人在天空看見觀世音菩薩騎龍下凡，並且指示信眾要以祂現身的形態，在春秋閣中間造一尊神像，所以才會有那條龍的存在。」

「你怎麼知道這麼多？」

「小時候都會聽大人說故事啊。這條龍還造了兩年呢。」

「真的有人看見嗎？」

「我也不知道，我是不太相信啦，但小時候聽這些，都覺得一定是真的。」

我們騎上車，往我的幼稚園前進，經過以前上娃娃車的路口時，我想起了那個飯糰阿嬤，不知道她在天上過得好不好。

「子學，」藝君說，本來摟住我腰的手鬆開了些，「你在發呆。」

「喔，不，我只是想起了一個人，一個阿嬤。」

「阿嬤？」

「嗯。」

我沒有多說什麼，藝君發現我不想談，也就沒有追問。

到了幼稚園，因為是下課時間，所以很多小朋友都在玩遊戲。我跟藝君站在圍牆外，我發現班級的名字變了，以前只是用大中小班來分班，現在用的卻是水果名字。

基本上幼稚園沒多大的變化，除了遊戲的設施不一樣之外，我想最大的變化應該是那些老師和看起來匀亮的娃娃車了吧。

「子學，那個小男生好可愛。」她指著一個正在地上打滾的小朋友，有另外兩個小男生正在欺負他。

「他正在被欺負，妳看不出來嗎？」

「被欺負？他們應該只是在玩吧？」

「或許吧，但這讓我想起小時候，我們每一節下課就玩打架遊戲。這該不會是我們傳承下來的校風吧？」

「呵呵，你們為什麼每一節下課都要打架呢？」

「我們也不知道，」我用右手食指抓了抓臉頰，「那是我跟阿居第一次打架，可能同學看了覺得好玩，這個風氣就這樣被帶開了。」

「你跟阿居小時候就這麼不安分？」

「其實我們也是千百個不願意啊。」

離開幼稚園之後，我載著藝君來到我的小學。

走進校園之後，只聽見一陣陣朗讀課文的聲音，還有風在椰樹的大葉片之間穿梭奔跑的窸窣聲。

介紹過學校的魚園和鳥園後，藝君對那兩面匾額很有興趣，還站在原地背了起來。

這時駐校伯伯走了過來，問我說：「這位先生太太，你們來帶孩子的嗎？」

我聽完有些難為情，轉頭看了看藝君。

「不是的，伯伯。」藝君回答。

「我是這個學校畢業的學生，只是回來看看。」

「喔喔喔，那真是不好意思啊，我還以為你們是學生家長呢。」伯伯呵呵地笑著。

「伯伯，你覺得我們像夫妻啊？」藝君向前一步問他。

「像啊，很登對啊。呵呵呵呵。」

微笑著，伯伯轉頭走了，藝君回頭看了我一眼，然後走過來輕摟著我說：「我突然有點想聽見別人叫我林太太。」

「藝君，別開玩笑了。」

「嚇著你了嗎？」她掩著嘴巴笑了出來。

「何只嚇著，心臟都快跳出來了。」

「我也是……」

她漸漸收起了笑容，那表情與表情之間的轉換變化，像是告訴了我許多心情。

學校的鐘聲響起，小學生們揹著書包衝出教室，原本只有朗讀聲的校園中廊，一下子人聲吵雜，還夾雜著一些小朋友的尖叫聲。

「別發呆了，我們走吧。」

「去哪裡呢？」

「小學生放學，表示已經中午了，民以食為天，我是不是該帶妳去吃飯呢？」

她微笑地看著我，然後牽起我的手。

我在她手心的柔軟中感覺到，剛才的她，有多麼地需要我的擁抱。

藝君，請妳原諒，我的心，是不允許我擁抱妳的。

雖然妳是這麼地吸引人，但我真正喜歡的，是另一個她。

愛情，是極度美麗，又極度殘忍的。

吃過飯之後，我們來到我的國中。

原本還在建設的教學大樓，早已經完工了，當年那些剛植土的榕樹，現在都已經長高了。

因為校警不讓我們進到學校去，所以我們只能在外面看看。

以前籃球場只有兩個，現在已經增加到了四個，司令台也換了顏色，有幾個班級正在上下午第一節的體育課，而其中一個體育老師，剛好就是我們當年的體育老師。

只可惜，我們只上過一堂他的課，因為在當年升學體制的殘毒下，體育課只是排好看的，最後都會被其他的老師借走。借來幹嘛?不用說，當然是用來考試。

我指著當年我們上課的教室說：「那裡，二樓從右邊數過來第二間，就是我們當年的教室。」

「那一棟看起來比較舊。」

「嗯，因為那是最早蓋的樓，都快十年了，也摧殘得差不多了。」

「很可惜，不能進去看看你的回憶。」

「沒關係，這裡面的回憶其實也只有考試跟一群好同學而已。」

我把當年肉腳、周石和、簡大便跟江泓儒的事情說給她聽，她笑得捧著肚子。

尤其是肉腳，她特別感興趣。

說到肉腳，我又想起他當年的另一件糗事。

男生的成長過程中，我想大多玩過一種遊戲，叫作「阿魯巴」。

那是幾個男孩子把受害者抓起來，然後選定一根直立物（其實也有可能是數根），像是樹或是欄杆的東西，接著把他的雙腳打開，再來就是比較殘忍且限制級的畫面了。

當年我們班的男生大概有二十多個，每一個都被阿魯巴過，包括我跟阿居在內。

但是，我們卻是在即將畢業的前幾天才想起，「耶，肉腳好像沒有被阿魯巴過喔？」

這是個會死人的記憶。

所以，在畢業的前幾天，那是掃地時間，我們幾個說好一定要讓這個尚未被阿魯巴的處男享受一下第一次的快感。

「把他弄到天窗上好了。」邱志融說，他所謂的天窗，就是教室裡最高的那一排窗戶。

看樣子，肉腳的第一次就要給那條窗櫺了。

正當大家都認真地打掃之際，我們幾個衝向前去，一把把肉腳抓得騰空，因為周石和跟江泓儒很強壯，要把肉腳瘦長的身軀抬起來是輕而易舉之事，沒幾秒鐘，肉腳已經被架在天窗上準備行刑了。

幾聲淒厲的哀號聲迴蕩在我們的教室裡，但我們的笑聲比他的叫聲要大上許多。

原來邱志融當行刑手是這麼狠的，我真是開了眼界。

這時，有個同學突然喊了一聲：「訓導主任來了！」

所有的同學立刻做鳥獸散，邱志融也很快地從天窗上跳下來，回到自己的打掃區域，所有的一切恢復原狀，只剩下肉腳一個人還卡在天窗上。

「李紹銘，」訓導主任走到他的下方，大聲地叫著：「你在那上面幹什麼？」

只見肉腳在痛苦中回神，看了看訓導主任，又看了看我們，然後轉頭對訓導主任說：「我……」他吞了一口口水，「我在擦窗戶啦……」

「他還真是有義氣啊。」藝君掩著正在大笑的嘴巴。

「是啊，太偉大了。」

「不過你們男生也真無聊，玩這種既危險又沒意義的遊戲。」

「那就是青春啊，青春本身在意的不是有沒有意義。」

「不然是什麼呢？」

「是不管幾十年後，只要回首青春，就會讓自己會心一笑的回憶。」

「這麼說，我現在正在你的青春裡囉？」藝君俏皮地吐著舌頭問。

是啊，藝君，妳現在就在我的青春裡，不管是我帶妳走過的我的回憶，還是這一秒鐘，妳都在我的青春裡。

相對的，我也在妳的青春裡，幾十年後，再回首現在，我想我們都會發現這一段青春不是空白，而是精彩。

因為，現在是我的青春，也是妳的青春啊。

我們離開了我的國中母校，騎著車從左營回到高雄市區。

我在升上高中的時候搬離了原本的住處，也好像暫時搬離了阿居的青春。

他跟水爸爸水媽媽還是住在左營，每天從左營騎著腳踏車到市區上課，因為他的成績比我好，順利地上了雄中，而我則是考上附中。

我跟藝君說，當我離開左營的時候，有那麼一陣子，我覺得生命很空，很多東西因為一次搬家，就也通通都搬離你心裡一樣。

國中的那一群同學四散了，阿居也跟我不同校，每天傳進我耳朵裡的聲音不再是歡笑，而是粉筆在黑板上奔跑的答答聲，高中的老師只給你一個目標，就是大學，而我們看見的未來，好像也只有大學，彷彿生命只要走完大學這一段，就要結束了一樣。

有那麼一刻，我覺得青春走了，我每天在騎腳踏車回家的路上，常常哼著「我的青春小鳥一去不回來」，儘管我的高中同學在我的耳邊說笑，我都好像聽不到。

青春，其實一直存在，不管你活多久，你將永遠青春。

這一城一市

今天是二〇〇四年的二月二十七日，第一百天。

終於，我要忘了你了。

我回首這八個月來在這裡寫下的一字一句，

每一段都有一種味道，那種味道叫作思念。

我曾經聽過一首歌，是個女孩唱的。

她唱，「思念並不甜，然而我卻那麼遠。」

是啊，思念真的不甜，反而苦澀得令人想失去味覺。

遠的並不是我，而是我深愛的子學。

思念，真是生命中不能承受之輕。

沒有任何量器可以秤出它的重量，但它卻重重地壓著你。

思念啊思念……

你是多麼簡單的兩個字，卻是令人心酸的一件事。

你曾經思念過我嗎？現在，我已經不能，也不想知道答案了。

因為，我就要忘了你。

謝謝你曾經給我幸福，謝謝你。

如果我這麼跟你說，你一定會一頭霧水吧。

但是，你不是我，所以你並不知道，

跟你在一起的十一月十八日，就是我的幸福。

幸福總是那麼短暫，而人也總是那麼粗心啊。

總是把幸福勾在小指頭上繞啊繞，等到一個不小心掉了出去，才倉皇地伸出雙手去接。

能接到的有幾個人呢？大部分都只能撈回遺憾吧。

我已經跟 Jerry 訂婚了，我們就要搬到 San Francisco。

我將帶著遺憾嫁給他，而我的遺憾你也不會知道吧。

請你一定要幸福，子學，你一定要幸福。

因為我的幸福，已經留在你的青春裡了。

By 牛奶

29

可能因為時差沒有調整過來的關係，一整個下午，藝君都昏昏沉沉的，她要我帶她去喝杯咖啡，她說在西雅圖已經習慣了有咖啡陪伴的日子，而現在昏沉的精神更是需要咖啡。

我們來到一家咖啡館，一共有三樓。

因為一二樓都已經客滿，服務生帶我們到最上層，我點了一杯藍山，藝君則是叫了拿鐵。

接近傍晚的時間，天空暗得比夏天快許多，我們坐在咖啡廳裡，沒有再說多少話，她從書報架拿了一本裝潢設計的書，翻著翻著，便開始打起瞌睡。

我脫下襯衫替她披上，卻吵醒了她。

「子學，謝謝，你真的很貼心。」

「這間咖啡館的冷氣有點冷，我怕妳著涼。」

「嗯，謝謝，現在幾點鐘了？」她一邊說著，視線一邊尋找著時鐘。

「就快要六點了。」

「喔，六點……」她明顯地落寞了。

「妳累了，是嗎？」

「嗯，時差沒有調整過來，現在應該是我在睡覺的時候了。」

「肚子會餓嗎？」

她搖搖頭，「不會，但我想再點一杯咖啡。」

我招了服務生來，藝君點了一杯藍山，並交代服務生不需要送奶精和糖。

我有些驚訝。

「藝君，妳……」

「我只是想試試不加糖和奶精的咖啡，在西雅圖，我很少這麼喝。」

「嗯。」

「子學，你什麼時候要入伍呢？」

「很巧，」我笑了笑，「後天。」

「後天？」她表情驚訝。

「嗯，就是後天。」

「成功嶺在台中，是嗎？我沒記錯的話。」

「嗯，聽學長說，那裡的新訓很嚴格。」

「男生真辛苦。」她稍稍皺了眉。

「其實，我們在意的不是辛苦，而是時間的浪費。」

「嗯，兩年的時間可以做很多事呢。」

「是啊。」我無奈地點點頭，苦笑著說。

「那我算是幸運的了？」

這時服務生送來了她的藍山，她向服務生說了聲謝謝。

「嗯？」

「我算是幸運的了，在你入伍的前兩天，當了你一天的女朋友。」她喝了一口藍山，揪著表情喊好苦。

幸運？為什麼是幸運呢，藝君？

其實妳明明知道，我們也只有這一天的，不是嗎？

是不是妳覺得能擁有一天也是幸運，其他的，就不需要再去強求了？

妳就是這樣的吧。

明明很需要被照顧，卻在惹了一身傷之後說自己無恙，在心裡不斷地說服自己，這些傷會過去，不要太在意它。

而我就是這樣的吧。

我知道我喜歡的是另一個她，卻總是在妳的眼神裡看見需要我存在的嚮往，我其實想轉身離開，卻怎麼也離不開妳的惆悵。

「子學，你在想什麼呢？」藝君的聲音把我拉回這個世界。

「沒，沒什麼。」我抿了抿嘴，對她微笑。

她拉過我的手，看了一下時間，然後吸了一口氣，笑著對我說：「我想去一下洗手間，你知道在哪裡嗎？」

「嗯。洗手間在樓下。」

她站起身，帶著她的包包，轉身離開座位，當她要走下樓梯的時候，卻停在原地看了看我，我對她微微一笑，她也點了點頭。

在你的愛情裡出現過的每一個人，都可能只是過客。
這當中包括你的最愛，還有你自己。

30

二十分鐘過去了，藝君還沒有回來，我有些擔心。

這時服務生向我走過來，說他們到了交班時間，請我先結帳。

「先生，一共是三百七十五元。」他說。

我從口袋裡拿出五百元給他，他示意我稍等，過了五分鐘之後，他拿了找零回來給我，還有一封信。

「你是林子學先生嗎？」

「嗯，我是。」

「剛剛有位小姐請我們交給你的。」他把信遞給我，「她把信交給我們的時候，還交代我們一定要在二十分鐘之後才能給你。」

我心想不對勁，站起身來，「那她呢？」

「她二十幾分鐘前就走了。」

「走了？」

「嗯，走了，她還說，如果你想追出去的話，不要告訴你她往哪個方向走。」

「啊……」

「你們吵架了嗎？先生。」

我看了服務生一眼，搖搖頭說沒有。

「她還要我們轉告你說什麼……嗯……啊！對了，西雅圖有二百八十三個雨天。」

我突然覺得全身無力，癱軟地坐到位子上。

「先生，你沒事吧？」

「我沒事，我沒事……」

「你要不要打手機給她啊？」

「她沒有手機。」

「沒有手機？不會吧？現在很少人沒有手機耶！」

「謝謝，請你讓我靜一靜。」我擠出笑容，請他離開。

「喔。」他應了一聲，轉身離開，又突然回頭說：「對了，我好人當到底吧，她走出門口之後，向左轉了。」

我看了他一眼，點點頭。這真是個多話的服務生，如果我是老闆，我一定會拿膠帶把他的嘴巴封起來。

我看著桌上的信，一度不敢去打開它，我回想起畢業前幾天，也是藝君的信，讓我在B棟11樓的中庭差點掉下眼淚。

我想著剛才藝君要服務生轉告的那一句話，頓時心裡像翻倒了一瓶強酸。

「我會在雨中想你……」我兀自唸著。

眼前這封信，用青藍色的信封裝著，上面寫的不是「子學啟」，也不是「給你」，而是另外兩個字——再見。

嗨，子學：

現在的我正在三萬五千英尺的高空中，寫著一封不知道有沒有機會交給你的信，再過幾個小時，我就要在台灣降落了，我的心情是憂喜參半的，憂的是怕見不到你，喜的是就快要見到你。

為什麼，我的憂和喜都是因為你呢？大概是我太想念你了吧，我猜。

你會來嗎？子學。今天的文化中心大門口，我會看見你朝我走過來嗎？今天的高雄不會下雨，我在出門之前就已經做過功課了。

好，接下來，我就要跟你說一些我不知道會不會發生，而你會不會看得懂的話了。

謝謝你，謝謝你帶我到你的幼稚園，雖然我不知道那裡是哪裡。

謝謝你，謝謝你帶我到你的小學，雖然我也不知道那裡是哪裡。

謝謝你，謝謝你帶我到你的中學，雖然我還是不知道那裡是哪裡。

謝謝你，謝謝你帶我走過有你的高雄，我想那些畫面，我會永遠記在心裡的。

謝謝你，謝謝你帶我走過你的回憶，我相信那一定是精彩萬分的。

謝謝你，謝謝你讓我當你一天的女朋友，謝謝你對我如此地體貼。

更謝謝你送給我這個不一樣的二十二歲生日禮物，真的謝謝……

好了，我的謝謝說完了，雖然不知道這些謝謝能不能成立。

但我相信，如果有機會讓你帶著我走一遍高雄，我會愛上這城市，這有你的城市。

我該睡一下了，子學，因為剛剛過了換日線，我有點精神不濟了。

剛剛機長廣播說，今天已經是十一月十八日，我看著窗外，那有點亮眼的光點應該就是太陽了吧。

早安，自己；早安，子學。

對了，子學，如果這封信真有機會交給你的話，那麼你正在看信的這一秒，我一定已經坐在往機場的計程車上了。

我訂了十八號傍晚七點十分飛往桃園的班機，然後就要搭上晚上十點二十分的華航回到西雅圖了。

原諒我沒有當面跟你說再見，因為我知道我無法負荷那種……離開你的難過。

藝君的信再一次成功地讓我落淚，我看著對面座位桌上，那杯只喝了一口的藍山，突然好想狠狠地大哭一場。

我走出咖啡館，一個人漫步在高雄市的街道上，不知道為什麼，我不時地回頭望，好像在等待一種奇蹟，藝君會出現在我的後方，然後惡作劇告訴我：「我跟你開玩笑的啦。」

我叫了一部計程車，往高雄小港機場。

當我下車的時候，正好是七點十分，我跑出機場，試圖在那長長的圍牆找一處可以看得見裡面的地方。

這時有架飛機起飛，我想，那大概就是藝君的班機吧。

再見了，藝君。

台灣雖然沒有二百八十三個雨天，但我會想念妳的。

再見了，藝君，請妳一定要幸福。

替國軍的重要單位做事，其實你會有很多的無奈，因為許多的事情環環相扣，少了其中一部分，你的事情就沒有辦法完成。

這些事情，我們叫它「業務」。

在部隊裡，每個人有每個人的職稱，也有自己的業務，但因為各業務之間有相關聯，所以事情就變得複雜。

我的業務叫作「行政」，我管轄連上的經費以及所有連上弟兄的薪水（包括指揮部所有的長官），在我到部隊之後沒幾天，我的師父就跑來找我，要我當他的徒弟，要我去接受所謂的預財訓。

預財是簡稱，全名叫作預算財務，顧名思義就是管錢的。但管錢並不一定就摸得到錢（預防貪污），很多過程都是文件作業，你很少看到錢，也就很少碰到錢。

而師父呢，就是屆臨退伍的學長。因為他要退伍了，必須找一個人來接替他的業務，要接替業務就必須先被送到專業學校去受訓，訓期依種類不同而有長有短，並不一定。

從入伍到現在也已經快四個月了，我慢慢地習慣了軍中的生活，卻不太習慣學長學弟的制度。聽學長說，以前的學長學弟制比現在更嚴重個幾倍，甚至幾十倍，許多新兵在剛到部隊的時候一定會被欺負，而欺負的方法很多，全看學長怎麼決定而已。

這就是我覺得人性可悲的地方，當初進來被欺負的時候，心裡的感受一定是痛苦的，沒有人喜歡被欺負，尤其是沒理由且莫名其妙的，心裡一定想說，「等哪天我變成別人的學長，我一定不會欺負別人。」

但其實沒什麼人做得到，因為等到那天，自己已經是別人的學長了，欺負學弟這件事就好像變成功課一樣，當初的痛苦，好像都被遺忘了。

想到這裡，我想起藝君，不知道她是不是已經遺忘了，我。那所謂「一天的戀愛」，比起漫長的生命是多麼地短暫，卻永恆得像一輩子都忘不掉。

但也就因為這「一天的戀愛」，我幾乎失去了艾莉。

因為十一月十八日那天，她就在高雄火車站等我，而且一等就是一整天。

藝君走了之後，我招了計程車準備回家，在車上打開手機之後，它傳出收到簡訊的聲音。

子學，我在高雄火車站等你。

艾莉

收到簡訊的時間是早上九點二十六分，而我看到簡訊的時間是晚上七點二十七分。

我的心一陣劇痛，難過得像下一秒鐘就會停止呼吸一樣。

我撥了艾莉的號碼，她接了起來，但她沒有「喂」，只是安靜著。

「妳……還在嗎？」

「你……希望我還在嗎？」她的聲音有些軟弱。

「希望，當然希望。」

「但你為什麼不來呢？」

「對不起……」

「我不想聽到對不起，我想知道為什麼你沒有來？」

「我……」

在計程車裡，我的呼吸急劇，身體在顫抖著，感覺身體裡的血液快速地奔流，但我幾乎說不出任何一句話。

「妳還在火車站嗎？我馬上去找妳。」

「我可以……拒絕嗎？」艾莉哭了。

「……」

「你為什麼不說話？」

「我……」

「你回答我，我可以拒絕嗎？」

「……妳可以，但我不希望。」

「既然不希望，為什麼讓我等了一天？」

我的身體是顫抖的，但我的嘴巴是緊閉的。

「是什麼事情讓你關機呢？」

「……」

「子學，其實我現在所說的每一句話都是錯誤的，你知道嗎？」

「為什麼這麼說？」

「因為我並不是你的誰啊！」

聽完這句話的那一秒鐘，我的心臟像破了一樣。

「天啊……艾莉，請妳不要這麼說。」

「那我該怎麼說呢？」

「妳剛剛所說的都不是錯誤，都不是，那就是妳該說的。」

「為什麼……子學？為什麼？」

「……」

「為什麼我在接到你電話的那一刻，竟然感覺到很深很深的心痛呢？」

「對不起，艾莉，對不起！」

「你說的馬上，是多久之後的馬上呢？」

「我正在路上，我馬上到，馬上到！」

「我可以任性嗎，子學？」

「……」

「我數到十，如果你沒有出現，我就要離開了。」

「別這樣……」我握著手機的手抖得很厲害。

「一。」

「艾莉，妳聽我說，我不是故意的，我不知道妳今天要來……」

「二。」

「今天，有個朋友從美國來，她對我來說很重要。」

「三。」

「對不起，艾莉，我不是故意的！」

「四。」

「我必須誠實地跟妳說，她是個女孩子。」

「五。」

「今天是她的生日，她要我當她一天的男朋友，我答應了……」

「六。」

她沒有再繼續倒數，電話那一頭只剩下車子來往的聲音。有好一陣子，我們都沒有再說話，而我只聽見她的哭泣。

眼看距離火車站還有很長一段距離，我的眼淚很快地衝出眼睛。

「子學……」

「別走，艾莉，別走……」

「你知道嗎，」她原本正在哭泣的聲音恢復了冷靜，「那個廣告看板已經換掉了。」

我聽見心碎的聲音，我的，她的，清脆的。

電話那一端仍然傳來繁亂的交通聲，她輕聲地說了「十」之後，掛了電話，我就再也沒有見到她。

心碎的聲音，有多少人聽過，有多少人能承受？

32

二〇〇四年的三月，我放假，這時全國都籠罩在濃濃的選舉氣氛下，兩組候選人無不卯盡全力，為求選票。

我在想，如果愛情也可以投票的話，那麼愛情會變成什麼樣子呢？

我曾經聽我的長輩說起一個遠親的事情，他說那個女孩子依倫理推斷，應該是我的嬸婆，事情發生時她只有二十七歲，現在已經五十了。

就在我出生那一年，嬸婆被家人逼迫著相親，每個星期都會有新的對象，但她都不喜歡。因為相親的男方都會留下照片，所以到最後，嬸婆的父母乾脆找來所有長輩，把那些照片拿出來一字排開，不滿意的一個一個剔除，最後只剩三個，然後全家人投票表決。

嬸婆就真的嫁給這個「高票當選」的人，而且已經相處了二十三年了。

婚姻真的是愛情的一部分嗎？如果是，那為什麼以前的婚姻竟會如此便成立呢？嬸婆真的愛她先生嗎？如果是不愛的，為什麼當初要把自己後半輩子的幸福交由全家族的人投票決定呢？

很多事情沒有答案，就算有，也不一定是真正的答案，或是合理的答案。

就像我答應了藝君，當她一天的咖啡，卻失去了我真正的咖啡一樣。如果藝君跟艾莉之間是可以像嬸婆的丈夫一樣被投票決定的話，那我是不是會比較快樂呢？

當然，這些胡思亂想都不會成立了，因為她們都已經離開了。

二月二十九號那天，我在藝君的網站上，看見她最後的一篇留言，留言日期是二月二十七日，也就是她所謂的第一百天。

其實在十一月十九日那晚的深夜，因為就要入伍的關係，我煩悶得睡不著，連上線之後，我在 mailbox 裡接到藝君的信，她說她已經到了西雅圖，要我原諒她的不告而別，並且請我一定要快去向艾莉表明，我是多麼地喜歡她。

她說她要用一百天的時間忘記我，這一百天裡面，她將會慢慢地剪斷自己的思念，因為再多一點點的思念都會令她窒息，而她不想因為我再哭泣。

她在 mail 裡的最後一句話，是這麼說的：

因為愛你，所以我老了，老了的人，是難以背負眼淚的重量的。

果然在一百天之後，我看見了她最後一則留言，雖然我不知道她將要嫁的 Jerry 是一個什麼樣的人，但我相信他一定是個好人吧。

她說思念是多麼簡單的兩個字，卻是令人心酸的一件事。本來每一則留言的最後都會署名「By 想念咖啡的牛奶」，在最後一則，只剩下「By 牛奶」了。

是啊，藝君，思念真的很心酸，就像現在的我想念艾莉一樣。

這是三月的第一個星期六，我放假，回到家之後，接到阿居的電話。

「子學，我是打電話來跟你說再見的。」他的語氣有些奇怪，嘴裡說著再見，感覺卻是高興的。

「為什麼要說再見？」

「因為……」

我剎然間恍然大悟，大叫著：「浙江？不會吧？真的是浙江？」

「哈哈哈哈，是啊是啊，就是浙江，你果然夠聰明啊，你個小王八蛋。」

「我的天，為什麼？」

「事務所的老闆跟別人投資了一家大型商場，要我過去幫忙，就開在上海。」

「終於讓你盼到這一天了，阿居，你這個烏王八蛋。」

「我跟你說過，很多事都是註定的。」

「你的意思是，這也是註定的。」

「是啊，我是這麼想的。」

阿居說，再過兩個星期，他就要飛到香港，然後轉機到上海。

很難相信他這傢伙到上海之後會怎麼樣，不過阿居說他的生命力就像蟑螂一樣強韌，擺到哪裡都能生存。

「什麼時候回來呢？」我有點不捨地問。

「大概一年後吧。」

「喂，你要好好活著啊。」

「開什麼玩笑，我可是水泮居呢！」

是啊，阿居，在我心裡，你永遠都是不可思議的水泮居。

掛了阿居的電話之後，我連上線，習慣性地到了藝君的網站裡，二月二十七日那天的留言，真的是她最後一則留言了。

祝妳幸福，藝君，雖然妳說妳的幸福留在我的青春裡，但我願意用我的青春為妳許願，讓妳永遠幸福。

進到 mailbox 裡，數十封尚未開啟的信件，很多都是垃圾信件，我一封一封地刪除，直到我看到一個熟悉的寄件人ＩＤ。

信件的標題是：「世上情愛萬萬千，不屑一顧枉為人」，我心裡一怔，把信打開。

子學，我親愛的你：

好久不見了，你好嗎？我寄到成功嶺給你的信，應該都有收到吧。

你知道嗎？其實在十一月十八日那天，我在掛了你的電話之後，一個人搭著計程車跑到你曾經帶我去的渡船頭，然後搭船到了旗津，在海邊慢慢地，一步一步地走，我在回憶以前你跟我坐在這片沙灘上的時候，那種感覺真的很幸福。

我在那天晚上對著星空許願，希望我們可以就這樣一直一直地走下去，永遠都不要變。

只是，時間慢慢地告訴我，愈是想你，我就愈是陷進去，我說過你是個容易被別人喜歡的男孩，所以我愈是喜歡你，就愈想聽見你告訴我你也喜歡我。

但，你是沉默的，雖然我已經兩度主動牽著你的手一起散步，雖然我已經不斷地暗示我是喜歡你的，但，你還是沉默了。

十一月十八日生日的那個女孩，一定是個很不錯的女孩子吧！我想她一定跟我一樣，覺得你是個容易被人喜歡的男孩，所以愈是接近你，就愈是無法自拔。

她現在怎麼樣了呢？你會告訴我嗎？

如果我跟她一樣，想在生日這一天得到「你」這個生日禮物，你會答應嗎？

會寫這封信給你，是因為我曾經聽過一場演講，那個教授在演講的最後說了這一句話，「世上情愛萬萬千，不屑一顧枉為人」，也是這句話讓我說服自己寫這封信給你。

我不希望我對愛情是不屑一顧的，我希望我是有機會就會去把握的。

所以，終於，我還是鼓起勇氣地說了。

我喜歡你，子學，很深很深地喜歡，雖然你是沉默的，但我還是想告訴你。

現在，我可以問你一個問題嗎？

我想知道，你的沉默背後，是不是有跟我一樣的答案呢？

現在是三月五日凌晨兩點，明天就是我的生日了。

我等你電話，好嗎？如果你看得見這封信的話。

想當你親愛的　艾莉

我轉身，走到電話旁邊，拿起話筒，撥了艾莉的號碼。

坐在客廳看電視的時候，媽媽正好從市場回來，她手裡捧了一個盆栽，臉上帶著笑意，我看著那盆栽，聞到了熟悉的味道。

「媽，這是七里香，對嗎？」

「是啊，你怎麼知道呢，兒子？」

媽媽有點驚訝地看著我，我開心地笑了。

媽媽，妳不知道，在太平洋的那一方，有個女孩祝我永遠幸福。

而在太平洋的這一方，有另一個女孩，剛剛成了我的幸福。

幸福，不管是經過一番辛苦，還是輕鬆地得到，都是最難忘的。

尾聲

嗨，你好，我是林子學，在你闔上這部小說之前，我還有些話想講。

還記得艾莉寄到成功嶺給我的信嗎？那編號L1到L21的信，這當中除了L1寫的是那闕〈一剪梅〉之外，其他的信當中，她都會寫上她日常瑣事還有要叮囑我的話，並且在信的最後問我一句：「你有什麼話想告訴我嗎？」

只是，我並不知道，那就是她的等待。

有時候等待很美，但有時候等待很傷，因為人在等待的時候總會麻木，只記得自己在等待什麼，而忘了自己不擅長等待。

所以癡，所以傷，所以痛。

跟她在一起之後，艾莉問我，為什麼她在信裡問的問題都得不到答案？我便拿出這一疊信給她看，其實我早就已經給了答案。

我之所以用L當作艾莉的代號，其實不是因為她的名字有個「莉」字，而是因為一個字：「Love」。

而藝君呢？

她沒有再出現過，那個網站也真的再沒有她的留言，聽學弟說她有寄一片光碟回來給他，內容是她結婚當天的錄影。他問我想不想看，我搖搖頭說不用了，他說他已經替我說了一聲「祝她幸福」，我笑著說了聲謝謝。

阿居到浙江那天，在上海打了通電話到我家，但因為我並沒有休假，所以電話是媽媽接的，媽媽說，阿居要我到他台北的住處拿一個東西，因為他不想把那麼珍貴的東西拿到郵局用寄的。

幾天之後的放假日，我飛到台北，艾莉開了一台 Honda S2000 到機場接我，她說那是她公司經理的車子，只是借用。

「Honda S2000，兩百五十四日制馬力，扭力二十二．二 kg-m，F20C 直列四缸雙凸引擎，前輪驅動，零到一百公里加速只要六秒，安全極速兩百三十公里。」上車之後，我這麼說。

艾莉嚇了好大一跳，轉頭瞪大眼睛看著我。

「你……」

「我說過，我該好好充實我的汽車知識。」

她笑了出來，眼神裡道出很多的感動。

艾莉載我到阿居台北的住處，他的東西幾乎都還留在原地，我在桌上看見一張他留下的紙條，用毛筆字寫的：

哈哈，子學啊子學，

如果要你千里迢迢來這裡只是為了拿走一塊石頭，你會生氣嗎？

我看見他桌上的那塊石頭，那是當初我剛搬到神奇學舍時，阿居所寫的。

子學，皓廷：

情誼永誌，永誌情誼。

水泮G題

我收起了那塊石頭，走出阿居的住處，在關上門之前，我看見門旁的鞋櫃上放著一本《如何管理你的店——餐館管理聖經》，原來阿居在去上海之前，都在充實這方面的知識。

突然覺得我們好像在瞬間長大了一樣，想當時阿居寫這塊石頭的時候，我們都還是大二的學生呢。

後來，我撥了一通電話給在上海的阿居，告訴他我已經拿到石頭了，我會好好地保管。

阿居說，他無法把水爸爸跟水媽媽的骨灰帶到浙江，所以只帶了他們的照片。水爸爸的故鄉在浙江省麗水市縉雲縣，我雖然不知道那是哪裡，但我知道，阿居會找到那個地方的。

「我想回浙江，帶著我的爸爸媽媽。」

我永遠記得阿居說這句話的時候，眼神是多麼地堅定。

皓廷在總統大選之前入伍了，因為他的籃球實在是打得太好了，所以被徵調到國軍培訓隊，現在每天都有機會打球，也每天都跟睿華熱線你和我。他再也不需要為了打籃球而放棄睿華，或是為了睿華而放棄籃球了。

OK，我要講的話大概都講完了，這所謂B棟11樓的故事也大概都說完了。

只是，故事雖然講到這裡會出現End的字樣，但其實故事的生命還在繼續，就像那本《藍色大門》裡面寫到的，青春，好像永遠都寫不完。

是啊，青春永遠都寫不完，故事，也永遠都說不完啊！

最後，你就要闔上這本書了吧，嗯，是啦，也該是時候了。

如果你的現在是白天，那麼，早安。

如果你的現在是下午，那麼，午安。
如果你的現在是晚上，那麼，晚安。
如果你的現在是深夜，那麼，祝你好夢。

【全文完】

|這|城|市|

詞、曲／吳子雲　編曲／陳建麒　演唱／吳子雲
OP: Linfair Music Publishing Ltd. 福茂著作權

夜深了，這城市也漸漸入睡了，
妳的呼吸，我聽見了，
只是怎麼，妳卻悄悄哭了。

人靜了，這感情也衝破了負荷，
她的眼淚，我讀過了，
但又如何，我不是愛她的。

所以她祝我幸福，
所以她低頭離開這個傷心處，
這城市沒有地方讓她可以停駐，
因爲我的心已有妳包覆，

所以我只能幸福，
所以我不該再讓妳淚眼模糊
思念這麼清楚，痛也這麼清楚
對不起，親愛的。（口白）

從今以後，這城市的星星，
有我陪妳數。

1 | 情誼永誌，永誌情誼

2 | OS.1

3 | 艾莉的等待

4 | OS.2

5 | 藝君的思念

6 | OS.3

7 | 這城市

8 | OS.4

演奏曲 編曲	施佑霖（情誼永誌，永誌情誼、艾莉的等待、藝君的思念）
這城市Demo	施佑霖
這城市 作詞／作曲／主唱	吳子雲
這城市 編曲	陳建騏
OS.1女聲	李靜婷
OS.2／OS.3／OS.4女聲	羅美惠
錄音工程	Howard
製作人	吳子雲、施佑霖
錄音室	破鑼嗓子
火車聲，蟋蟀聲	晚間九點鐘以後的高雄火車站第二月台，不知躲在哪裡的蟋蟀
腳步聲，推椅聲，鍵盤聲	施佑霖的大腳與大手，破鑼嗓子的椅子與鍵盤
飛機聲	高雄小港國際機場